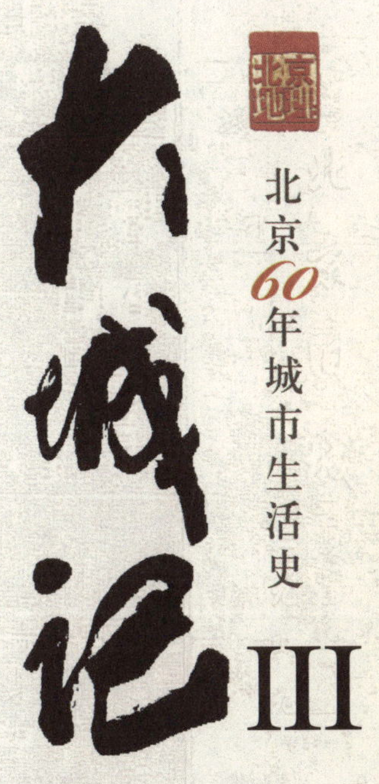

1989～2008

新京报社 编

中国建筑工业出版社

目　录 Content

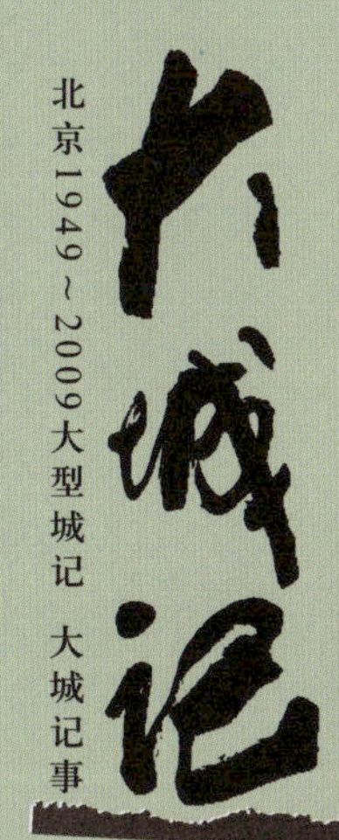

1989

菊儿胡同改造

Ju’er Hutong as a sample of recreation

关键词：菊儿胡同

从1978年开始，北京市开始着手旧城整治，10年之后，吴良镛带领学生开始对危、积、漏俱全的菊儿胡同41号院进行“有机更新”。这一“四合院改造孤本”完成了对“住宅合作社”模式的初探，并获得了联合国颁发的“世界人居奖”。

危改住宅合作社的理想尝试

交道口南，这一片属于元大都规划中最早建设的街坊——昭回靖恭坊的一部分，与中轴线上的地安门大街一街之隔的菊儿胡同是东西走向，从胡同口远眺，看不到中间部位躲藏着一些三层小楼，爬山虎缠绕整个墙壁、窗口。

20年过去了，在这个多雨的北京夏天，古树还在，屋顶有野草摇摆，青苔晕染墙角。经过胡同口的公车视频上，不断闪回一个有奖问答：改革开放三十年来，北京市居民人均住房面积增长了几倍？答案有：A.1倍；B.2倍；C.3倍。

菊儿胡同试验田

1993年10月4日，世界住房日，纽约联合国总部。因为菊儿胡同改造，两院院士、城市与规划设计师吴良镛在接受“世界人居奖”时致答谢辞：这项大奖颁发给一个具有几千年文明史的国家，在中国数以百计的重要历史名城中，一次迫切的任务是如何创造一种社会住宅。不仅满足现代生活舒适的要求，还要使之与原有的历史环境密切结合。在居住问题上，再也不能承受繁重的、无休止的专断、争论及会议，现在需要的是解决问题的办法……

“中国数以百计的重要历史名城”中，最重要的是北京城如何改造，方案在30年前就已经酝酿。吴良镛称，从1978年开始，北京市旧城整治开始研究方案。在1979年对什刹海规划方案的研究中，已经基本上形成了居住区整治的“有机更新”和“新四合院”住宅设计方案的思路。十年后，这个方案选择了菊儿胡同作为试验标本。1989年，这个试验的具体落脚点定在了菊儿胡同41号院。

▼俯视菊儿胡同41号院。屋顶长着青苔的灰瓦，以及院内的花架、石桌凳看起来有些像南方住宅的风格。

为什么选择菊儿胡同41号院？居住在此的老人介绍，这里本来是一座寺庙，叫“弘德禅院”。日军曾在这里驻军，解放后，沦为大杂院，一共有24户居民。当时的情况是：三分之二的家庭室内无日照，近80人居住的院落只有一个水龙头，一个下水道，典型的

◀菊儿胡同41号院改造采用一种三层小楼的新四合院模式，这是一个前所未有的创举，其高度恰到好处，从胡同口看不出有楼。

▲一位外国住户买完菜走进院子。菊儿胡同41号院在国外名声很大，越来越多的外国人青睐于在此租房住。

危、积、漏地区。东城区规划局工作人员姜志强介绍，当时菊儿胡同地势低洼，一下雨这里就是汪洋恶臭，住在这里的居民迫不及待等着被改造。

之后，东城区政府找到了清华大学教授吴良镛，吴良镛带领学生在1987年开始了调研。在施工图阶段，“对这个2760多平方米、仅收一万元设计费用的小工程，一般设计院是看不上眼的，并且建筑结构、设备、室内外工程特别复杂，地下工程现状弄不清楚，工程虽小，难度不小，完全因为‘改造危旧房，社会效益大’，图纸竟出到95张”。用吴良镛的话说，就是“杀鸡用牛刀”。

95张图纸中最后确定的方案是一种新四合院的模式。一方面是从宫殿王府建筑群里汲取灵感，并列的两座院落中形成长夹道，另一方面参照了苏州宅第中的“备弄”（又称壁弄）串院落群，夹道和备弄就构建起“交通干线”的作用。现在走进41号院，配合花架、坐凳的生活情趣和阁楼变化的韵律，看着像南方水城的格局。如今住在41号院的李瑾称，来参观的人也都这么说。

三层小楼的新四合院，这是一个前所未有的创举，即使是作为北京市旧城改造的试验田，吴良镛记得，规划设计方案也被各个部门审查了六七遍才通过。姜志强称：“当时南锣鼓巷一带已被列入旧城四合院保护区的范围，旧城改造限高9米，盖高了会对鼓楼的中轴线有破坏，但菊儿胡同改造恰到好处，胡同口看不出有楼，尺度感好，形成了视觉走廊。”

希望居民参与住宅合作社

20年之后，菊儿胡同的白墙黑瓦已经斑驳，“现在来看，重要的不是改造的建筑形式本身，而是过程中对发挥各方力量的‘住宅合作社’模式的倡导。”吴良镛称，菊儿胡同41号院改造也是当时北京市第一个组织危房改建的住宅合作社。具体内容包括：当时在房价方面，每平方米建筑面积的造价，住户筹措交纳350元，工作单位补贴250元，其余由国家扶持，如果没有单位补贴，采用低息贷款的办法，购得后房产使用权为住户所有，5年后可以转让。

“当时希望居民都参加到住宅合作社中来，发挥集体的力量，很可惜的是，没有坚持下来。”吴良镛提及此事仍很遗憾，在他看来，“让居民自觉修缮旧房，是最经济、最有效、最理想的解决危房问题及风貌保护问题的办法。危房改造工作必须从过去以开发为主体转变为以居民为主体，应制定合理的政策，提倡居民参与小规模整治。”他说，“将来要解决住房问题也有赖于一种民主制度的建立。”而当时的情况是，一方面福利分房制度还在，很多人习惯了交房租，手里钱不多，也没有买商品房的概念。另一方面，市场经济大潮已势不可挡，旧城改造限制多，这显然不是货币资本青睐的地盘。姜志强称，菊儿胡同的改造成为孤本，“怎么说呢，新四合院毕竟不是原来的四合院了”。

菊儿胡同41号院是北京市第一批拆迁户。吴良镛当时调研的结果是，“一半居民在这个院里居住不到四年，因此没有形成稳定的亚文化群落”。因此，改造结束后，只有4户居民回迁，更多的居民选择了换房或搬迁。如今住在41号院的李瑾一家当年就是和原住户换房搬来的，“当时很多人很向往住楼房，觉得方便。我们是以雍和宫附近的一个小院子和他换的，然后还补齐了7万元左右，搬进了41号院3楼100平方米左右的房子。”李瑾介绍，当年对回迁户的优惠措施是，低息贷款，每个月还100元，一共是10年。但是，很多原住户都选择了放弃，“一个月还100元，当时觉得太多了，还得还10年。”1992年左右，吴良镛带领学生对菊儿胡同41号院改造进行回访，“搬迁到别处的原住户基本没有人因为当年没有买房而后悔。”

外国人陆续入住

1990年秋天，菊儿胡同41号院改造完成，市领导在院子里给大家发了钥匙。李瑾一家搬到了三楼把角，当年有大的露台，西北风刮起来，呼呼往里灌，但当时又规定不能改变外观。“为了这个，我父亲还和吴良镛教授吵了一架。”李瑾记得，“春节时，李鹏来小院给我们拜年”，之后，“好多外国记者来了。”国外专家赞美它，“吴教授和他的同事们在菊儿胡同工程中所创造的是一个人文尺度的答案。尽管它的人口密度与高层住宅相似，但它却创造了一

个永恒的人与人交往的社区。最重要的是菊儿胡同捕捉住了中国的四合院的传统，即北京的合院形式……”

后来，各家各户逐渐都封了阳台，院里当年保留下来的古树还在摇曳，但当年吴良镛设计时倾心的院落公共空间再也不是诗情画意的四合院，一楼住户的窗户上都是封条。20世纪90年代后，很多户主搬走，李瑾发现院子里陆陆续续住进了很多外国人，“这个院子在国外很有名，房租不低，我们这里都成联合国了。”外国朋友大多骑着自行车，在院子里遇到中国人，都会笑着说，你好。

00年60人·1989

在北京拍“精神病院”题材更难

袁冬平，53岁，摄影家，民族画报社采编室主任

1989年初，思想艺术界比较活跃。发生在中国美术馆的艺术展事件我想很多人都忘不了，我当时也去看了展览，美术馆前的广场上到处是“不许掉头”的标识，美术馆里很热闹，有各种行为艺术：现场孵蛋，现场洗脚，主要是一种对权威的挑战。我的同事吕楠当时跟他们很多人很熟，他们中的许多人现在都很有名了。

也是在89年初，我开始和吕楠一起拍摄“精神病院”题材，后来很多人问我，为什么选择这个题材，其实我真不知道原因。我姐姐当时在医院工作，我从她那里知道了不少精神病学的知识。

这个专题在全国很多地方的精神病院都拍了，北京去的是安定医院和回龙观精神病院，在北京拍摄比在外地难，限制比较多，一些病房不让进。我记得在回龙观，有个中央音乐学院理论系的女学生患的是迫害性妄想狂症，我提出给她拍照片，她说：我想把头发散开，这样更好看些。最近，我听说那个女孩死了。

后来才知道，在国外拍摄精神病院题材的内容其实有很多限制，要保护病人隐私，我现在一般都不把拍摄他们正脸的照片拿出来。有的照片比较阳光，例如这一张，病人在跳绳，医生给她们拉绳。1992年组照《被遗忘的地方》获美国“年度照片”(POY)杂志图片故事类优等奖。

▲袁冬平精神病院题材作品。病人在跳绳，医生在给她们拉绳。

见证人·1989

故宫“十员大将”助阵古建工程处

▲石松龄，80岁，第一任北京市文物古建工程处主任，曾任北京市艺术博物馆馆长，北京市文物局古建处处长。

北京市文物古建工程公司总经理李彦成补充叙述。

从1949年参加工作起，我干过至少十几个工种。1980年我才开始接触古建，后来调到北京市文物局古建处，当时在工地上听两个老师傅对话，就像是听天书，心里很着急，回去找出梁思成先生的书补课。渐渐地，我能看出建筑合不合格，各个部位的要求都能明白，但还不能自己设计，我自称“半瓶子醋”。

1989年，我将要退休，文物局要组织三产，也就是单位办企业。文物局领导让我组织一个工程处，是一个经营单位，但具体怎么做没说，也没给过钱，我就是个光杆司令。文物局还办了其他三个企业：文物保护开发公司、一家饭馆、一家木器公司。另三家单位在半年后都倒闭了，只有文物古建工程处一直坚持了下来。

当时我是北京市艺术博物馆馆长，在万寿寺办公，所以文物古建工程处的办公地点也就在万寿寺，一间小屋，冬天很冷，但没钱买煤，当时万寿寺有个煤场搬走了，我们就去刮地皮，摊煤卷，由于煤里有泥，烧一会就灭了。夏天太热，有人建议买台电扇，我故意装傻，什么扇啊？怎么扇啊？

第一个活是维修报国寺

文物古建工程处建立的前几年里，都只有我一个人。如果有工程了，我就去找人，当时我有“十员大将”，都是故宫博物院下来的技师，年岁都和我相当，技术上也知根知底。这些技师1981年修东南角楼时，角楼的状况基本是“再拆一块砖，楼就全塌了”。当时要按老法子重修，角梁、脊梁上都要包两毫米厚的“锡被”，我记得顶子上就用了足足五吨锡被。因为角梁全部被毁，要将一根15米长的大木头，事先做好雕好，吊起十几米高放上去，那一瞬间，我的心都提到嗓子眼了。现场咯噔一下，严丝合缝地放上去了，师傅的技术就这么高。这“十员大将”在工程处帮我，算是监督主事。

文物古建工程处接手的第一个活是维修报国寺，规格也不如东南角楼那么高。另一个较大的工程是把琉璃厂一个仓库改成文物商店。仓库很高，需要被截成两半。当时挖了5米深都是渣土，按照古建的规格，原本是要在原土上打基础才牢靠，但是这没法打基础，只好糊了一个“满堂红”，就是在底下铺了钢筋水泥混凝土。

再后来，我们还翻修了正阳门，之前前门瓮城被拆了，城墙留得短，后来把城墙东西延长了，里面盖了楼。当时文物局也没钱，我记得还是向文物商店借了50万元，后来拨款下来才还掉的。正阳门挺不容易的，折腾多少回了。我就是负责施工的，按照图纸施工。八九十年代，国家还比较穷，北京市每年用于城市维护的费用才几百万，我们一年最多干两趟活，能完成70万元左右的指标就很不错了。

工程处正式“下海”

之前我的工资也都是从工程处接到的项目中开，也没有规定要向文物局上交钱，到90年代初，文物古建工程处慢慢缓过劲来，我主动交了5000块给文物局。后来又有规定，单位不能办企业，就“脱钩”了。其实工程处和文物局之间也没有什么“钩”。

1991年，我退休后李彦成正式接手了工程处，他当时在正阳门城楼管理处工作，也算“吃皇粮”的。工程处在很长一段时间里没有国家干部，谁愿意来啊。后来在东城区工商局注册了“北京市文物古建工程公司”。李彦成又上门去一个个找之前的“十员大将”帮着干，有的老师傅已经去世了。如今，北京古建修缮都是社会招标，我们去找项目，一年能干多少活，这是商业机密。

1990

东水西调

Water resources being removed

关键词：东水西调
熊猫盼盼

1982年以后，北京市面临着越发严重的用水危机，尤其以西部地区水荒最为严重。为解决石景山发电厂、首钢和门城13万居民的用水问题，密云水库的水翻山越岭，被调配至地势更高的京西官厅水库。

“后水库时代”的21公里地下水渠

永定河引水渠河畔，正是奥运会射击场馆北京射击馆南面的一处居民区，整片低矮、简陋的房子让出一条狭长的绿化带。东水西调管理所副所长魏纯江指着草丛中水泥筑砌的杏石口泵站排气阀井说，东水西调工程是管道输水隐蔽工程，在这片草地下埋着的就是输水管道。在充水、运水时，这个不起眼的排气阀井起到补气或排气的作用。每天，巡视人员都需分段巡视管线不被重型建筑占压。这个泵站是东水西调工程在1997年改造时建成的，现在也是整个工程的中心泵站。

官厅水库告急

古都北京依水而建，不乏“春湖落日水拖蓝……双飞百鸟似江南”的泽国景象。近一个世纪来，北京地区进入一个相对少雨季。尽管北京在1949年后兴修了多座水库，但从1967年开始，首都用水的供需矛盾逐渐突出。从1982年起，北京开始建设水源调度工程。

人口急剧膨胀，社会经济发展，对水资源消耗的巨大需求，使得永定河、潮白河等下游干枯，北京生命所系的密云水库、官厅水库都蓄水严重不足，城区地下水位形成巨大的漏斗。北京市水务局的工作人员不无感慨：以前他们一到汛期就忙着抗洪，现在都不称抗洪了，改说迎汛了。

北京市水利局前副局长、时任东水西调指挥部办公室副主任王富民说，开始计划时不叫东水西调工程，叫北京市京西二水源工程（第一水源是20世纪50年代修建的新中国成立后第一个水库——官厅水库和永定河引水工程）。

▲杏石口泵站的机房。

自从1982年以后，华北地区持续干旱，北京市发生严重的水危机，经国务院批准，第一水源官厅和密云水库不再向河北省、天津市供水。而一直担任京西工业区供水功能的官厅水库，由于上游大流量修建水利工程和涌水量增加，到80年代初期，由50年代建库初期的年来水量20亿立方米，降到年来水量仅为4亿~6亿立方米。

“用水量增加后，大量工业、生活污水排入，官厅水库水质严重恶化到威胁供水安全。在这之前多少次，人大代表给市里写信，呼吁改善官厅水库水质，改善京西地区百姓的生活用水质量。当时官厅水库的水质为Ⅳ类，属于一般工业用水及人体非直接接触的娱乐用水，人没辙了才能喝这个，水管里放出的水都直冒泡。”北京市水利局前副局长、时任东水西调指挥部办公室副主任李国铃说。

白河堡、密云水库难解京西水源危机

李国铃说，当时为了解决京西地区的供水问题，在1983年修建了白河堡水库，在官厅水库入库水量不能满足用水需要的情况下，由白河堡水库向官厅水库补水。虽然白河堡水库的补水占官厅水库

◀（前页）东水西调平面示意图挂在杏石口泵站的中控室里，电脑计量和监控是修建之初没有的自动化管理。

来水量的1/3以上，并有效稀释了官厅水库的水污染，但是水利部的领导后来不同意这事：白河堡水库位于上风上水的延庆，水质较好，为什么要将干净的水流到官厅这样的脏水库里？白河堡水库应该满足更重要的京城饮用水需求，而非供应京西工业。

“到1988年底，1989年初，官厅水库还有1亿多立方米死库存，如果官厅水库和永定河水系的水供应不上，高井和石景山两个电厂就要停电，首钢要停产，门城地区的13万人的生活用水就成了燃眉之急。”王富民说，在整个北京城的供水调度中，这时已经逐渐形成了一些具体原则——

官厅水库来水较丰时，城市工业用水以官厅水库为主，密云水库为辅；当官厅水库枯水时，官厅水库保京西地区用水，密云水库保城区用水。密云、官厅水库丰枯相济、互相调配。官厅水库的水通过京密引水渠可以补给到密云水库，是因为“水往低处流”，顺其自然；搞东水西调，其实就是将密云水库水调到门头沟去补给官厅水库，西边比东边地势高，水怎么翻越山区？

王富民回忆说，由当时的北京市政府牵头，给国家计委打报告申请东水西调工程，最后批复，组织施工，工程概算8000万。

工程在皇家取水处破土

1989年10月15日，北京城的皇家取水处——玉泉山下，东水西调工程开工典礼举行。现北京市水务局办公室主任冉连起对当时的市领导动员致辞中的一句话印象深刻：“我们建这个工程工期很紧迫，但建成后几年不用也没关系，东水西调工程是为城市继续发展提供的双保险。”

这句话既是带有前瞻性的计划，又有潜台词——不到万不得已，最好不要启动东水西调。李国铃说，工程建设虽然非常急迫——因为没这个工程保证，日子就没法过得踏实，但是具体使用，却依赖当时水库的来水情况。如果官厅水库1990年就没水了，即需立即启用东水西调，也可能水库来水量大，问题缓解，那就可以暂时不急着使用。

“东水西调指挥部其实有一大一小两个指挥部。大的指挥部

纪事·1990

1月5日　北京市政府常务会议决定：组织人力、运力，并广泛动员社会各方面力量，搬掉天坛公园内于60年代“深挖洞”时堆积起来的土山，恢复古园神韵。

1月21日　整修后的正阳门箭楼向社会开放。

2月7日　北京市政府天安门地区管理委员会成立。

4月25日　北京市出现强沙尘天气，局部地区风力达到9级。

5月20日　首届“昆明湖杯”龙舟赛在颐和园举行，揭开北京六大公园迎亚运活动的帷幕。

6月30日　北京市东水西调工程竣工。

9月16日金中都城遗址修复竣工。

9月22日～10月7日　第11届亚运会在北京举行，中国金牌数名列榜首。

10月1日　北京市盲人凭证免费乘坐公共汽车。

11月3～24日　北京电视艺术中心摄制的50集电视剧《渴望》受到观众好评。

11月23日　南、北池子大街等24个街区及颐和园、圆明园地区被划为第一批历史文化保护街区。

是市里成立的，这里面有市政府的领导，各地区的领导，市规划局、市计委、市财政局等的领导。小指挥部是指承担整个工程的北京市水利局，称为东水西调指挥部办公室，实际上就是现场指挥部。”王富民回忆说，当时他主管指挥部的财政大权。

开工的第二天，各级工作人员开始勘察现场、勘定管线路由，解决四季青乡的拆迁配合问题，王富民记得，到10月26日指挥部进驻现场时，玉米地的玉米刚被收走，锯末加纸压起来的胶合板就建起板房，工人们提着行李住进板房，来不及搭板房的就住在露天。“当时工地上挂着‘学习密云水库’的口号，很多工人都是当年建设密云水库的水利系统的职工骨干，活再累都认了。就这样一直施工到1990年6月30日，从拆迁到施工完毕，不到8个月。”王富民说，当时是日夜施工，最多时有3000多人参加建设，全住在工地上，连元旦和春节也没放假。

竣工五年后发挥功效

王富民说，当时不讲招标、投标，跟市计委、市财政局审核工程概算为1亿5340万元人民币。

资金由集资而来，“第一大户是高井、石景山两大电厂所在的电力部门，第二大户是首钢，第三大户是北京市计委”。而1990年工程建成后，并未立即投入使用，首先这工业用水三大户使用循环水、中水来缓解水资源压力，第二，官厅水库凑合着给水维持。

一直到20世纪90年代中叶，因为上游的化工厂污染，东水西调直接供应至城子自来水厂，解决门城地区的生活用水。1997年，考虑到三级泵站，只是专门给门城地区供应生活用水，而非更大规模的工业供水，“有点大马拉小车的感觉，运行费用很高，所以决

▲东水西调工程主要为门头沟地区、石景山地区供水，即便将来密云水库、官厅水库都进入枯水期，南水北调工程北京段也可以借用这段工程。

定在刘娘府的东侧，永定河引水渠旁修一个泵站，叫杏石口泵站，接上管道，原先三匹马拉一辆车，现在单独由一只小毛驴拉就够了。”李国铃解释杏石口泵站在1997年出现的原因。

“前天我打电话问他们，迄今为止，东水西调工程已经给门城地区供应生活用水1.6亿。老百姓不用喝冒着泡的水了。”王富民说。进一步，东水西调工程完全可以为门头沟地区、石景山地区等供水；退一步，即便将来密云水库、官厅水库都进入枯水期，南水北调工程北京段也可以借用这段北京城内的东水西调工程。

60年60人·1990

昆明湖清淤挖出炮弹、宝石

张子良，64岁，退休后曾看守颐和园花房

上世纪80年代末，当时昆明湖湖面缩小，游人的船桨都会荡起湖底的泥浆。于是，1990年，北京市政府作出对昆明湖全面清淤的重要决策，从1991年正式开始清淤工程，这是240年来昆明湖第一次清淤，历时4个月，动用车辆500多台，先后有10万市民参加义务劳动。

那几个月里，颐和园特别热闹。放水、清冰时，往往能捉到大鱼，有一天有位管理人员就提着两条鱼来找我说，今天又逮着好几条大鱼，您也挺辛苦的，送您两条尝尝鲜。清淤过程中有人发现了炮弹，大家都不敢干活了，只好让总参工程兵先进行探测工作，据说这些炮弹是“七七事变”后，国民党二十九军在撤退时扔到湖里去的。后来竟然清除出了包括迫击炮弹、手榴弹、燃烧弹在内的各种炮弹200多枚！惊险之余，还有小插曲，工程兵测来探去，还在颐和园知春亭附近找到一枚镶着红宝石的金戒指，文物专家一鉴定，说这是慈禧太后戴过的，还引经据典论述了一番。清淤过后的昆明湖，水体清澈，碧波荡漾，焕然一新。

▲1990年12月，部分高校师生清除北京颐和园昆明湖的冰块，为随后的机械化清淤创造条件。昆明湖成湖240年来，这是首次彻底清淤。

见证人·1990

熊猫盼盼是雄性吉祥物

1990年9月，第十一届亚运会在京召开，一场综合性的国际体育盛会第一次来到中国。手持金牌的熊猫盼盼是中国第一个有国际影响力的吉祥物，设计者刘忠仁是来自长春电影制片厂的美术设计师，现为国家一级美术师。熊猫形象的指定、剪纸图案或卡通图案的抉择、手持火炬还是金牌……盼盼的最后亮相折射着20世纪90年代初中国的国族身份认同以及变革中的观念之争。

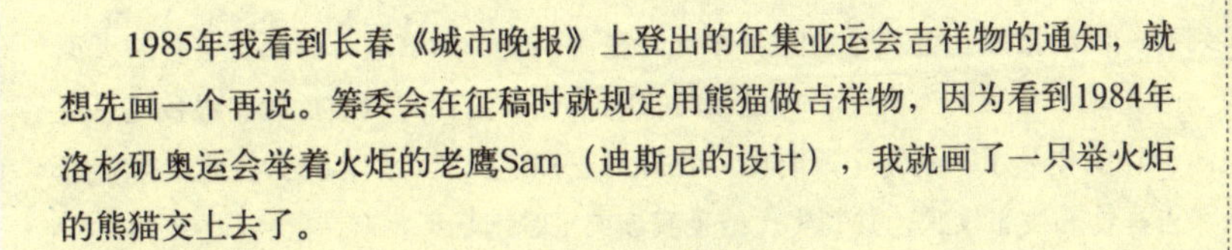

1985年我看到长春《城市晚报》上登出的征集亚运会吉祥物的通知，就想先画一个再说。筹委会在征稿时就规定用熊猫做吉祥物，因为看到1984年洛杉矶奥运会举着火炬的老鹰Sam（迪斯尼的设计），我就画了一只举火炬的熊猫交上去了。

设计要搭上时代命门

半年之后的一天，我接到第十一届亚运会筹委会的电话，说我的设计进入了前三名，说征集来的作品总共有几千件之多。

我和另外两位来自北京、上海的设计者以及会徽设计的前三名作者都来了北京，准备接受下一轮“审议”。和我一起入围的作者的熊猫有剪纸形式的，还有黑白画形式的，各有千秋。我的“熊猫”用的是卡通形象，其实也包含了传统元素，现在可以看到熊猫盼盼的鼻梁上有五道“毛”，其实最初这是一道红色的“英雄痣”，是借鉴京剧武生的化妆。

我们六个作者住在一起，互相切磋。我记得当时在上海工业大学当老师的朱德贤半夜来敲我的房门，愁眉苦脸的，当时他设计的会徽是ASIAN（亚洲的）字母“A”的变体，像万里长城。

送审时评委的意见很尖锐，说长城没有出头，就是闭关锁国。我和他一起想了一会，说不是要开放嘛，那就出一点头，这样子，也很像罗马数字里的“XI”（契合十一这个数字）。当时另外两位会徽设计者看到这个说明词和改动后的稿件，都觉得自己的设计无望了。这就是一句话死一句话活，只要搭上了时代命门。

举金牌方案与锦标主义

当时设计者们在一起，有竞争也有合作，关系都很融洽。不像现在做一个方案，不到万不得已的时候绝不露头，怕剽窃创意之类。

当时我自己也有思想斗争，保留熊猫举着火炬的造型送审，没啥风险。可是我却不甘心守旧，就画出一个熊猫举着金牌的图案，想突出运动会的竞争精神，来了就不是白玩的呀。

画出这个方案报上去后，有人提出批评说我这是锦标主义。我这个方案和口号相违背了，撞红线了。我得知这个意见后，权衡再三，最后心一横，想选不上就选不上吧，但是自己的想法得坚持，之后又是激烈的辩论……

后来我就回到长春拍片子，因为当时我的设计方案被编为第三号，心想着编号肯定不是随意编的，数字上都不占优势的“小三”，肯定没戏了。

直到有一天看报纸，说亚运会的吉祥物确定了，是一只憨态可掬举着金牌的大熊猫，我一听，这不是我的方案吗？可是当时报纸上也没提我的名字，朋友跟我说可能当作集体创作的作品了。过了一段时间，我得到通知让我上北京人民大会堂参加亚运会会徽和吉祥物的发布仪式，并领奖。结果我连夜坐卧铺赶到北京。

为熊猫盼盼定“性”

第十一届亚运会组委会给举着金牌的熊猫命名为盼盼后，大家都没有什么争议，但是有一位中国通日本专家就提出可能会引发误读……国内报纸马上发出声明，说我们的熊猫盼盼是一只雄性大熊猫。在此之前，国际赛事从没有给吉祥物“定性”的。接下来的广岛亚运会也设计出了一公一母两个吉祥物来迎接雄性熊猫盼盼。

后来我被通知来北京设计亚运会分项体育比赛项目的吉祥物。当时我对体育也不是很在行，有些分项运动，比如藤球，根本不知道是怎么玩的，就专门去请教泰国大使馆的参赞。去各个运动场上体验、记忆、速写、收集资料。最后，29个项目终于都画下来了。随后设计了指路熊猫、中国舞龙形式的欢迎熊猫，整套设计下来，大家都很满意。

因为要在开幕式上播放一个宣传短片，亚组委从香港请来专家搞电脑二维动画。当时用的是286电脑，从这时开始我才知道原来可以那样设计动态的形象，我这才开始学习电脑操作。

现在回想起来，亚运会是北京发展的关键点，亚运村一带从水田变成了一片高楼。从那时起，北京的北部地区发展起来，商品房开始发展，北京的地价也跟着涨起来。

1991

盲道

The 1st blind alley

关键词：盲道
圆明园

中国第一条盲道在1991年国庆前通过验收，这条建在海淀区蓝靛厂的盲道是为方便北京橡胶五金厂的200多名盲人职工而修建的。在投入使用之后不久，有人将盲道砖搬到河边当作洗衣板……

中国的第一条盲道落地蓝靛厂

20世纪50年代，经过盲人福利会会长谢觉哉、总干事张文秋的努力，周总理亲自批准投资40万元在南菜园兴办盲人实验工厂，后来又与北京市在沙滩兴办的盲人橡胶工厂合并，成立了北京橡胶五金厂。1991年，该厂的职工人数已经达到1100多人，在400多名残疾人中盲人最多，有200多人——蓝靛厂作为当时北京市最为集中的盲人居住区，第一条盲道定址这里就成了顺理成章的事。

▼1991年8月14日，中国第一条盲道为生活在蓝靛厂一带的北京市橡胶五金厂200多位盲人职工提供了方便。 宋边峰 摄

1991年"国庆"前不久，我国的第一条盲道在北京通过验收。这条盲道建在海淀区蓝靛厂，是为方便北京橡胶五金厂的200多名盲人职工出行而铺设的。在橡胶五金厂的盲人职工李亮的回忆中，十多年前踏上第一条盲道的感觉永远无法忘记，踩上去感到既新奇又踏实。他觉得如今的盲道越修越长，已经算是"四通八达"了，但走在盲道上感觉却没以前那么灵敏，他说这大概与过去穿布鞋，后来换成了旅游鞋有关。

日本"情报"残疾人代表团带资料回国

时任橡胶五金厂残协顾问（同时兼任北京市残联评委会副主任、北京市盲协副主席）的黄安回忆说："虽然在'文革'之前已经建了很多福利企业，但'无障碍设施'这一理念还是改革开放后才逐步树立起来的。"1986年，东单路口的红绿灯最早安装了呼叫信号，只要绿灯一亮就会发出声音，向过街的盲人发出提示。

1988年各级残联正式成立，关于无障碍设施建设正式提上议事日程。"北京市残联要在第一届任期内重点解决的几件大事中，除了在宣武区广安大街盖办公大楼，还包括1990年通过的《北京市残

疾人合法权益保障条例》，这个条例早于1991年全国的《残疾人保障法》。另外的重要一项，就是要在街道、商店、医院等地方推行无障碍设施建设，考虑到当时涉及面太广不易落实的难度，最后把重点还是放在率先解决盲道的建设上。"

1990年，北京市残联组织召开了一次关于无障碍实施的讨论会，黄安当时也参加了会议。与会者除邀请了一些残疾朋友外，还有来自规划、城建和交通方面的专家。在讨论会上，"不仅决定把北京市也是中国的第一条盲道修在残疾人集中的蓝靛厂，会上还拿来了样板砖，把砖的式样、大小、颜色也确定了下来"。

另据现任民福实业总公司残联主席的高保信回忆，早在1988年，受日本《朝日新闻》报社的邀请，我国组成了由北京市残联沙澄琛（现任北京市残联副理事长）带队的残疾人代表团赴日本考察无障碍设施建设，当时身为北京市轮椅篮球队队长的高保信也是残疾人代表之一。

他们到了日本，首先引起大家关注的是带坡道的人行道、黄色醒目的盲道以及谁也不敢占用的无障碍停车位，沙澄琛还特地给人家的盲道量了尺寸，照了相。获取的这些"情报"后来在1990年的这次讨论会上派上了用场。

公交站 自由市场
盲道主干线连通日常场所

盲道用砖的式样确定后，施工人员便来到蓝靛厂进行实地勘察，确定了盲道的铺建地段，进而又测算了用砖的数量，包括标志砖、普通砖各需多少。5月13日，国务院总理李鹏在我国的《残疾人保障法》开始正式实施（5月15日）和第一个全国助残日（5月19日）的前夕，前往橡胶五金厂看望残疾职工。但对于第一条盲道的修建，黄安说与李鹏的这次看望并没有什么直接联系，"在李鹏总理来访橡胶五金厂之前，这条盲道的建设已经启动"。

黄安回忆说，1991年修建在橡胶五金厂的盲道主干线有两段：一段是从该厂东侧的家属区前后门，直通位于院外马路东北拐角处的公交360支线的"蓝靛厂"站牌，大约长300米；另一段在该厂西

▲360路蓝靛厂站随着这一地片的拆迁向西搬迁了，人们对于重新铺设的盲道以及盲文站牌已经司空见惯。到2008年8月，北京的盲道已长达1541公里，遍及880条城市道路。

侧的自由市场内，盲道从“菜刀”状的自由市场中线一直沿着“刀把”向北延伸到公交360支线的“蓝靛厂小学”站牌，大约长70多米。

这两段主干线是用长条形的行进砖铺设的。此外，还有一种凸起的圆疙瘩状的“位置砖”，铺在两个车站牌、自由市场店铺门前，以及五金厂西边、南边两条街道的理发店、邮局、银行、粮店等门前。

这条盲道的修建要赶在国庆节前接受领导验收，为了保证工程进度，黄安记得施工时还特意把里面的小商贩暂时清理出去，待三个月后，盲道顺利完工，自由市场也面貌一新，又把原来的商贩安置其中。

8月14日那一天，对于橡胶五金厂的所有职工来说是特殊的。黄安说，验收当天厂里还在盲道上每隔一段专门安排三两个盲人候在那里，以方便领导谈话和记者采访。“在我们盲人心目中，这种给大家带来方便的盲道属于史无前例的稀奇货，并且也清楚这体现的是国家对残疾人的关怀，所以当时言语中流露出的赞叹是真正的发自肺腑。”

洗衣板
失踪的盲道砖

盲道建成后，给盲人职工带来的便捷是不言而喻的，但附近的普通居民并不像盲人职工那样珍惜。大概半年左右的时间，除了部分盲道砖是被驶过的大卡车碾轧坏了之外，还发现另有一些砖块莫名地“失踪”了，调查后才得知是被附近居民偷偷撬起来拿到河边供洗衣时当搓板用。

说服教育和巡检的效果很明显，人们逐渐意识到盲道不仅为盲人提供了便利，有了盲道砖，雨天候车的人也不用再像以前那样站在泥水坑中了。此后，盲道丢失的情形基本上很少再发生。

对比第一条盲道和现在的盲道，现年71岁的橡胶五金厂退休的盲人职工李亮说：“现在的盲道已经是越修越长，已经算是‘四通八达’了。不过，十多年前踏上第一条盲道的感觉永远无法忘记，

纪事·1991

1月18日　北京市召开“扫黄”工作动员大会。

1月28～30日　北京市第四次文物工作会议召开。

3～5月　北京市火柴、肥皂两种商品先后取消凭票、凭本限量供应。

4月3～12日　北京首届工业品交易会暨展销会在北京展览馆举行。

4月25日　天安门广场新国旗杆基座改建工程完工。旗杆从过去的22米高增加到30米；5月1日，天安门广场举行新升旗仪式。

5月15日　首都集会庆祝《中华人民共和国残疾人保障法》正式实施。

6月10日　北京市婚姻家庭咨询服务中心成立。

7月25日　北京故宫、长城、周口店北京人遗址获联合国教科文组织世界文化遗产证书。

11月17日　北京市丰台区凉水河工程云岗地段首次发现金代墓表，碑文为金世宗完颜雍之孙吕君墓志。

12月25日　来自圆明园画家村的艺术家们在达园宾馆举办大型群体艺术展。

尤其是在各店铺和公交站前的那种圆疙瘩盲道，感觉就是在水泥上又粘了许多石子，踩上去既新奇又觉得实在。”

李大爷觉得如今的盲道，除了个别地方太靠近花圃，里面的刺玫有时会扎人，还有时盲道边会遇到树坑外，再没有什么可挑剔的地方了，但走在盲道上的感觉却没以前那么灵敏，他说这大概与过去穿的布鞋后来换成了旅游鞋有关。

360支线
盲道旁的“我们自己的线路”

第一条盲道的建成，给橡胶五金厂盲人职工的出行带来了很大方便，无论是自由市场还是东院家属区，盲道都通向了公交360支线车站。

在退休盲职工李亮的记忆中，70年代在蓝靛厂通往市中心还只有班车，后来随着发展有了公交360支线的线路，并且为了照顾厂里残疾职工的出行方便，特设了“蓝靛厂”、“蓝靛厂小学”两个站牌。“到1991年第一条盲道建成的时候，360支线在橡胶五金厂职工的心目中实际已经有了感情基础，只不过盲道把残疾人与360之间连得更近了。”后来，橡胶五金厂与360支线还结成了“共建”对子，360支线曾被评为北京和全国的“扶残助盲先进集体”，被橡胶五金厂的残疾职工称为“我们自己的线路”。

2004年蓝靛厂一带的迁建工程开始，橡胶五金厂已在几年前更名为“北京民福实业总公司”此时迁至宣武区教子胡同。当年见证过第一条盲道落成的盲人职工，大多已退休或就近安置，他们仍主要生活在蓝靛厂附近，因为时间和空间的变迁，“第一条盲道”、“橡胶五金厂”也变成了过往的记忆。

今天在蓝靛厂一带，昔日的西顶庙已经修葺一新变成了“广仁宫”，在遍布高楼的住宅区外、西顶路边，仍有一排破旧的平房。除了这些印记，再就难以看到当年橡胶五金厂的样貌，十多年前第一条盲道也踪迹难寻，取而代之的是路旁长而平整的新盲道。

见证人·1991

圆明园
——废墟上的艺术更生

1991年，集结在圆明园的第一批艺术家开始在京举办联合画展，这一年的12月25日，他们在达园宾馆举办的大型群体艺术展成为圆明园画家的第一次集体亮相。

现居住于宋庄画家村的职业画家伊灵（原名郭新平，1961年出生于上海），是“圆明园画家村”的最早成员之一，并被左邻右舍们推举为圆明园画家村村长。他见证了这一中国式艺术聚落的发生、进程及其终结——2005年11月，一众艺术家搬出圆明园，从此星散各地。

1988年，一直支持我“环国旅行”的父亲去世了，我辞去了艺术顾问之职，在北大西门外的娄斗桥租了一间平房。那之前我从贵州带了一麻袋木瓢回来，没画纸的时候，我就在上面作画。住在隔壁的是一位叫环子的画家，他说木瓢的形状不就是“1”和“0”组成的吗？于是，我更名为“伊灵”。

圆明园里的艺术互助组

1990年4月，人民日报社记者宋彬在安徽《文化周末报》发表了《圆明园废墟上的盲流艺术家》，首次报道了居住在圆明园附近的青年艺术家的生活状况，并且第一次明确将这些人与“圆明园”三个字联系起来，其实说的主要就是我、环子和郑连杰三人。

1990年底，经田彬介绍，我搬到了福缘门西村72号一个独院中，200平方米，每月200元。在我之前已经住进来的还有田彬、丁方、张惠平、方力均、王音、陈逸清等人，总共有九十个人。方力均的工作室就在我的对面。

1991年12月1～8日，我和杨爱国首次以“圆明园画家”的名义在和平宾馆举办了一次联合画展。这年圣诞节，通过居住在达园宾馆的歌德学院院长阿克曼，我们又组织了一次群体艺术展，共有10多个人参加，几乎包括了当时住在福缘门村一带的所有画家，所以这后来也被看作圆明园画家群体的第一次集体亮相。

当时我们其实并没有什么群体意识，只是在努力争取一些展览机会。对我个人来说，从一无所有，到慢慢地有了一个自己的桌子，一张别人送的沙发，别人送给我的画框，每天可以画画，另外还有吃的，有酒喝，有一帮穷哥们，不会饿到去偷大白菜。那时卖画，多是通过朋友介绍，有些甚至是资助性的，互帮互助的成分很强。

“村长”规划中国艺术城

说实话，我们都很享受在圆明园的生活。苔草、绿水、白桦林，经常可以三五一群相携散步、胡闹，有几个知音，衣食住行相互帮扶着都能解决，当然还少不了酒和性，酒桌上还能从别人那里听到或者学到完全不同的东西——作为一个艺术家，这种生活上的自由自在和精神上的独立感是弥足珍贵的。

圆明园画家的生活方式一直是那时的媒体最感兴趣的方面——这不难理解，那时是下海经商正在风行开来的时候，而在圆明园的废墟上，却有这么一批坚持理想、坚持心灵探索的人们。国外的媒体和艺术品商人们也觉得这可能是中国最有前途、最值得投资的一批画家。这样，圆明园能吸引越来越多的年轻人也就丝毫不奇怪了。当然，进进出出的，流动性也很大。

我也不知道什么时候开始被戏称为“村长”的了，总之和自己去得较早、年龄也大一些，而之前骑车环行的时候，我也曾无数次得到过别人的帮助，我自己也很喜欢这种大家庭的感觉等等因素，都有些关系。

1994年5～10月，我们应荷兰远东艺术基金会彼得·杨森的邀请，在欧洲四国举办了一次画展。在法国期间，我了解到了蓬皮杜艺术中心的建设过程，回来后便明确了以圆明园为中心，建设一个中国特色的艺术城的设想。

“离开后就再没回去过”

其实，在1993年底，我就草拟了一份开发圆明园艺术村的构想，希望保护圆明园艺术家群居的格局，规划出一个适合于职业艺术家创作与生活的理想环境，“树立青年艺术爱好者自学成才的形象，集团化推出当代青年艺术家，立足本土，走向世界”。

后来，圆明园画家村被迫解散是我和大多数艺术家所始料未及的。派出所的人越来越多地找到我，理由自然是这里存在着很多“不安定因素”。我承认这种情况的确存在，比如酗酒、打架等等，但我一直认为大部分人还是好的，派出所也许只是想把少部分人清除出去，我也很乐意担当起艺术家和他们之间的沟通桥梁。

但沟通的结果，却是必须全部搬离，包括我自己。也许因为我被视为“村长”的缘故吧，后来一般也把我搬离圆明园的时间，1995年11月，当作圆明园画家村结束的标志。那时，已经快到冬天，我刚搬到香山，租房住下并且买好了过冬的煤，但很快又接到通知，这里也不能呆，整个海淀都不能呆。此后十年间，我变换了无数住处，再也没有去过圆明园。

60年60人·1991

全球第三本首都百科全书

张力军（63岁 退休图书编辑 现居保定）

由于工作关系，也是因为个人兴趣，我从“文革”中间开始收集百科全书，准确地说是从咱们古代的类书开始的，那时候我弟弟他们经常爬到大小图书馆里去偷书看，有时候帮我顺回来几本，当时他们笑话我，净挑大部头的，说大傻瓜都不甜，哈哈。

我收集专业性和地域性的百科全书比较多。只要看见的我就买，也都是以扩充社里的藏书为名。

1991年，《北京百科全书》和《黑龙江百科全书》几乎脚跟脚问世，咱们这才有了地域性百科全书。《北京百科全书》的出版使北京市成为继伦敦、莫斯科之后世界上第三个拥有百科全书的首都城市。我原来的那本不知道被谁顺走了，手头这本是从网上拍来的，60多块，很值。封面上印着1990，其实它是1991年4月上市的。

2002年10月，新版《北京百科全书》出来了，这也是我心中的痛啊。新版的总共20卷，光插图就1万多张！说是有3000多人参与，历时5年编纂而成。大条目主义！卫星式结构！有个美国人说：“聪明的人经常查阅百科全书；自满的人不屑于翻百科全书；愚蠢的人过分依赖百科全书。”到我这儿还得补上一句，“退休老头儿买不起百科全书”。

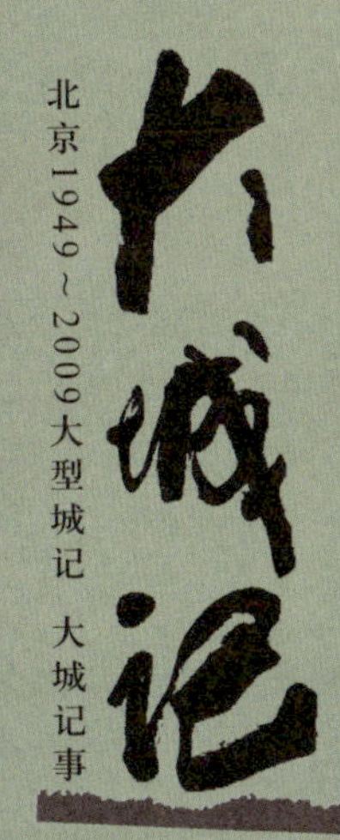

1992

二环路贯通

The 1st ripple of the 4-9 city

关键词：二环路贯通
京城“第一当”

这是环状北京的第一道涟漪，它是对城墙拆除、护城河清理等“旧城改造成果”的一次综合利用。这是全国第一条无红绿灯的环城快速路，它完成了对城市的网格状格局的改写。从此，北京有了更具形式感的年轮。

老北京格局改变，从二环开始

1992年5月的一天，邓小平视察二环路贯通的重要环节——西厢工程，北京市市长向他汇报：城市基础设施建设，晚抓不如早抓，被动抓不如主动抓。邓小平听后给予充分肯定：你说得完全正确。

1984年就出现交通大堵塞

曾任北京市规划设计研究院工程师的杨振华，在60年代初就参与了北京市政规划工作，二环路的贯通在他看来是对老北京格局的一个改变。

"环路的初步规划在60年代前就已形成，这主要是学习莫斯科的结果。50年代，长安街和朝阜路被打通，有了横贯东西的主动脉。六七十年代，拆城墙、修地铁，建成前三门大街和北二环路，构成初步的'环行路'，这也就是二环的内环路，但还没从根本上改变老北京城棋盘状的骨架。"但到了1984年左右，"大批外地人开始进京务工，1984年国庆后出现了全市范围内的一次交通大堵塞"。也正是在这种情况下，北京市政府决心全面整治北京市的路，当时的方向是，"必须从整体考虑，要有大手笔，要形成路的网络。"

国家科委副主任吴明瑜曾在1986年4月举行的大城市发展政策管理讨论会上讲："我国城市交通每下降一公里，相当损失1500辆车……怎样提高运行速度，那就是修建快速干道的问题。北京现在二环、三环无论如何要尽量封闭一条道路，使之形成快速专用道，二环更理想。"

第一条无红绿灯环城快速路

北京市规划设计研究院为此牵头与有关部门共同承担的调查报告——《北京市城市交通现状与对策》——为市政府的决策提供了理论上的依据：为什么会在20世纪80年代中期出现突然的跳跃式的交通需求的增长？杨振华称："最根本的一条，是社会的经济形态发生变化，商品经济开始了。而作为城市动脉的路网缺欠，功能层次不健全，整体性差。"调查报告提醒："道路交通负荷已逼近现有路网的最大承受极限，而交通量仍在大幅度持续增长，若不及时采取有效措施，在1990年以前，路网负荷度就会超过百分之百，届

▲二环路东便门段。20世纪90年代完成了东便门、西便门南去的"东厢"工程与"西厢"工程。

◀（前页）西便门附近的二环路在上下班高峰时期仍然比较拥堵。20世纪90年代贯通二环的主要用途是为缓解交通压力。

纪事·1992

1月9日 经北京市政府批准，门头沟区石龙工业小区建立。

3月13日 北京市百货大楼集团作为北京市商业第一批实行经营、价格、用工、分配四放开改革试点单位，与市政府签约。

4月10日 京西大觉寺自新中国成立以来首次向国内游人开放。

4月17日 北京天宁寺塔发现"大辽燕京天王寺建舍利塔记"汉白玉石碑。

4月25日 北京第一家麦当劳在王府井开业。

4月28日 北京市政府命名中国历史博物馆、中国革命博物馆等22家博物馆（纪念馆）为第一批"北京市青少年教育基地"。

4月30日 北京首批旧房改造小区之一的西城德宝小区竣工。

5月1日 北京海淀图书城落成开业。

9月30日 北京市南厢暨二环路改造工程竣工通车。至此二环路真正环了起来，这是北京第一条全封闭、全立交的快速环路。

10月10日 北京地铁复兴门至西单站工程建成通车。

11月18日 北京市人才市场在劳动人民文化宫开业。

12月1日 北京金保典当服务行开业。

时，市区交通将全面瘫痪。"于是，在1988年北京市第九届人大一次会议的政府工作报告中，又正式提出了"打通两厢，缓解中央"的紧迫任务。打通"两厢"——完成东便门南去的"东厢"工程与西便门南去的"西厢"工程。

"但是当时关于二环路的性质问题，还有一些争论。"杨振华称，"这条路到底是定义为交通性干道还是生活性干道？一般这两者是不兼具的。贯通二环的主要用途是为缓解交通压力，而二环路环起来的是内城保护区也是中心生活区，两方考虑后，二环路的性质被定为综合性干道。"从1987年到1991年，在实施"两厢"工程的同时，彻底改造了西、南、东护城河，紧接着就是"南厢"工程，"改造西、北二环，与以前修的东二环相接，使之成为一条完整的二环路。而后，又将二环路改造成国内城市中的第一条无红绿灯的环城快速路，希望二环路贯通后达到每小时60~80公里的车速。"

西二环发掘出金中都遗址

首都博物馆副馆长王武钰当时任北京市文物研究所副所长，20世纪80年代末他听到了一个消息，"为了二环路的贯通要改造西二环。早就知道这块地区是金中都宫城的中心，规划委也跟我们通了气"。从1989年开始，王武钰和他的同事就开始了考古发掘工作，"1990年9月下旬，在右安门外，在4米深的地下，施工人员发现一些排列整齐的石板和木桩，还发现了水冲刷的痕迹。石板和木桩的排列形式很特别。后来判定，这里是金中都城墙下的一处水关，也就是穿城墙下，供河水进出的水道建筑，之前一直疑惑的金中都城内河流出城处就这样被找到了。"

新华社高级记者王军也介绍："在西二环附近，北京西站南侧的莲花池也就是当年金中都城的内河鱼藻池。水关遗址的发现，金中都时期城内的水系流向得到了解释。"王武钰称，金中都遗址下面五六米处都是永定河冲击形成的泥沙，因此要贯通二环路，对立

▲广安门桥附近的二环路。西二环地区是金中都宫城的中心地带。

交桥建设也是一个考验。

金中都城的建造是大跃进式的结果。历史记载，当时海陵王下令，这座新城的建造，必须在3年内完工。金朝征召了80万民工，动用了40万士兵参加了皇都建设工程。结果仅仅用了8个月就建成了。公元1215年，成吉思汗的铁蹄踏破金中都后下令，将士可以在城内任意抢劫。王军介绍，金中都城直到明朝中期才最终消失于无迹。西二环的改造让北京城的前身清晰地浮出水面。

王武钰称，“八九十年代，主要是大型工程，修环路、建设京九铁路、修西客站等，我们拿着《文物法》去。到后来，修得多了，我就天天去谈。再后来，修得太快，来不及谈了。我们现在做的工作都是被动的，最多也就是去拍个照片做个记录。”如今，金中都水关遗址博物馆就在二环边，讲述着北京城的前世今生。在王武钰看来，如果现在莲花池一带菜户营附近还有大型工程，“一定还能挖掘出不少东西”。

人们习惯称二环路是北京摊大饼的第一圈，杨振华称，到2005

年，北京已建成4条环城快速路，六环投入建设。结果是，小汽车呈现爆炸式增长，公共交通承担市民出行量仅为四分之一不到。路面的增加，赶不上车辆的增长。经济学家茅于轼曾测算，北京一年堵车的直接损失是60亿。车主李小飞估计，如今在二环路行驶，晚上可以达到每小时80公里，甚至出现了坊间传说的“二环十三郎”的平均时速140公里。

王军称，在很长一段时间内，交通拥堵的代名词就是路不够宽。曾有人问，北京继续一环一环地做环城路，按照这个速度。天津、保定估计在20年内会“环”在北京的环之内，那么北京将是一个什么古怪的城市圈呢？

60年60人·1992

记录打工妹“远在北京的家”

陈晓卿，中央电视台记录片导演，1992年拍摄记录片《远在北京的家》

我上大学时，寒假坐火车回家总会遇到大量回乡的打工妹，她们和我岁数差不多，在火车上，说话也带着北京话的儿化音，故意要表现出一些在北京生活过的印记，我觉得非常有趣。1991年，我在电视台工作时开始策划这个主题，保姆就成为我拍摄的群体。我选择了安徽无为县的五个姑娘，1992年新年过后她们来北京谋生活，我们的记录片开拍，我现在还清晰地记得她们第一次走出北京火车站、看到北京的天空高楼时那种迷茫的眼神。当时，经常是找不到人，一年多的时间都是寻找、找到、喜悦、又失去联系的一个状态。

后来，我渐渐和她们都失去了联系，其中有个姑娘叫谢素平，后来有过电话，她向我提了个要求，她听很多人谈到过她“主演”的这部片子，她非常想看一看。我就把她请到了我们中央电视台办公室，给她一个人放了这部片子。她来的时候跟我说了很多的话，包括怎么做生意啊。她看完这部片子时，泣不成声，没有告别，一句话没有跟我说就走了。五年前，我又进行了一次回访，谢素平现在在房山，当年的“女主角”扭捏了很多，最后暗示我应该给采访费，我后来想想，来到城市教给她们的不仅仅是谋生手段。

▲1992年，陈晓卿在天安门广场上拍摄记录片。

见证人·1992

京城“第一当”也要为人民服务

▲闫克温，80岁，北京市第一家典当行金保典当行创始人，董事长。20岁起就在银行从事金融工作，1980年在中国人民保险公司北京分公司任副总经理。

1992年，我退休了，准备创立一家典当行，但是当时规定副局级以上干部不能搞企业，北京市商业局局长给我出了一个主意，就是在注册的企业前加上“综合”两字，我当时注册公司的名字是“金保综合服务总社”，加上“综合”两个字，灵活多了，我还是可以继续给银行做保险业务。“金保”就是“金融保险”的意思。

典当行是大势所趋

“综合服务总社”还是不能从事典当工作。但改革开放十几年了，我认为成立典当行是大势所趋。例如看病问题，之前人们生病都是医院和单位直接结算，但90年代很多企业改革，要职工拿单据去单位报销，这样职工要先拿钱垫付。如果生了大病要动手术，医院还需要押金。还有个体户很多，而个人从银行贷不出钱来。我认为要支持工商企业，个体户经营，在银行之外需要典当行业来补充银行的不足。

90年代初，一些偏远地区出现了小打小闹的典当行，但是在首都还没有。典当，被认为是旧社会吃人肉喝人血的高利贷剥削机构，社会主义新时代怎么还允许这样的机构存在呢？我认为典当行应该由人民银行管理，就先将报告上报到中国人民银行北京市分行，行长批示：“小闫胡闹，给市政府找麻烦。”这时正好是邓小平南巡讲话，我就抓住这个机会，这总不是胡闹了吧。几经周折终于转到北京市计委手中，也没能给予明确答复。后来又把这个皮球踢到了北京市市委。

但不久又有人传话来问“典当行名称能不能改？”我毫不犹豫地说，不能改，没法改。全世界这个行业都叫“典当行”，名称和企业性质并没有必然联系，只要旧瓶装新酒，就不怕人们不认可。终于，开办典当行的申请批了下来，却又好事多磨，赶上日本天皇将访华，批文暂时不发。11月20日，经过了近一年的报批，金保典当行开始试营业。那一天，好多国内外记者都来了，他们对京城第一家典当行很好奇，有的还拿出自己的相机、手表请典当行的评估师作价，感受典当过程。我记得第一个来典当的是一大块狐狸皮子。

典当行也要为人民服务

时代变了，以前大家印象里的典当行外挂着大大的黄色大牌子，上面一个大大的"当"字，充满了剥削味道，以前都是小窗口，高柜台。我要改变这种观念，典当行也是为人民服务的，服务要热情诚信。少数坏人也会钻典当行的空子，把偷来的东西拿来，所以一定要明确东西来路。现在作假也厉害得很，有的手表仿得非常精细，不是一般的行家看不出来。

典当行是个特种经营行业，高风险高利润，典当物件一个月的汇率是百分之三点多，一年的汇率就是百分之三十多，所以说"救急不救穷"，如果点当了一个戒指，放一年没赎回去，也就没法赎回去了。税也非常高，以前所得税是33%，营业税是8%。现在这两项税都降了一些，分别是25%和5%，也不低。现在北京有100多家典当行，竞争很激烈，我们给老顾客的汇率也有所下调。举例来说，以前典当房产轿车，一个月的汇率是百分之三点多，现在可以优惠到百分之二点多。西单这个地方位置好，我还想开展多种经营，例如珠宝展示、加工销售等。

起初，拿来典当的一般都是衣服、鞋帽，当时都是大卡车往库房里运。这些年，来典当的都是高档手表珠宝、汽车、房产。典当行业的发展也是改革开放这些年来的缩影吧。

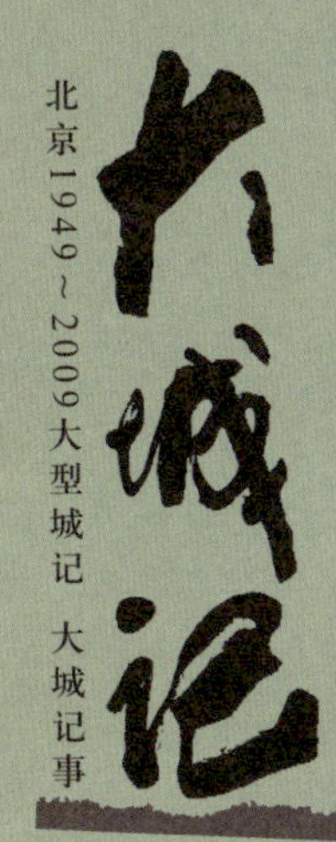

1993

北京西站

The Beijing West Train Station

关键词：北京西站
性用品商店开张

在经过了三十多年的研讨之后，周总理建议修造的北京西站终于在1993年动工。这座亚洲最大的火车站位于莲花池（金中都水源地）一侧，在建成之后立即成为全国最大的旅客集散地，它广受争议的造型也为第一次进入京城的人们提供了最初的“都市震惊”。

未完成的亚洲第一大站

1993年春运，庞大的民工流使得京广线、京沪线告急。《人民日报》上发表的一篇文章称：“确已到了用当年搞原子弹、氢弹的劲头来搞铁路的紧迫关头。”——1991年4月9日，京九铁路建设被列入“第八个五年计划”。这条“巨龙”的龙头便是北京西站。1993年除夕之前，在曾作为金中都太液池的莲花池畔，时任国务院总理李鹏为北京西站奠基，拉开了这个世纪工程建设的序幕。

▲1996年初投付使用的北京西站随即成为全国最大的人口集散地和铁路交通枢纽，专业建筑评论者认为它是上世纪九十年代北京新建筑的“样板”，在2008年《新京报·北京地理》举办的“北京新地标”公众评选中，北京西站出人意料地以高票数位列排名第二。

【立项】
四次动议绵延三十年

当时被任命为总设计师的北京市建筑设计研究院教授级高级建筑师朱嘉禄了解到，这已经是北京西站第四次正式提上议事日程——1959年秋天，作为国庆10周年10大献礼工程之一的北京站建成之时，周恩来总理就肯定了要在北京建设一座西客站的建议，北京市相应地在城市总体规划中为之预留了土地，地点就在莲花池附近。“此后很长时间内，这里一直是简易平房为主的仓库区，从没有建设过永久性建筑。”

▲为了保护莲花池（曾为金中都太液池）这一重要的古代文化遗址，设计人员经过多方论证将车站北移。

规划中的北京西站将和北京站一起，作为城市枢纽的主要客运站，两站之间以东西直径线相互连接。（这一连接线有望变成现实——朱嘉禄介绍说，在他刚刚向北京市领导汇报的北京西站后续建设规划方案中，连接线在未来的贯通，将使来自不同方向的乘客根据到达的目的地自由选择两站之一作为自己的终点站。）

1975年，万里出任铁道部部长时，再次就北京西站的规划和建设问题组织研究，确认了选址（莲花池附近）和站型（通过式）。20世纪80年代初，北京站已经处于超负荷运转之中。1981年10月，北京市会同铁道部第三次提出尽快建设北京西站，具体的位置首次明确为现站址所在地。1985年5月2日，设计报告上报国家计委，最初建议的15.3亿元投资在报告中压缩成了14.54亿元，“但最终因为资金问题，还是被迫搁浅”。

有数据表明，1981年后7年间，北京铁路的客运量已经翻了一番，铁路运能的超饱和状态日益明显。1989年初，国家有关部门和北京市决定最终启动北京西站的建设，并于1991年获得了国家领导的肯定和支持。

【文化遗址】
北京西站避让“中都太液池”

1994年12月，年逾8旬的著名历史地理学家侯仁之偕同夫人来到北京西站工地的现场，登上初步成型的站房楼梯，欣慰地俯视不远

纪事·1993

1月5日　国安足球俱乐部成立。

1月8日　中国首家性卫生服务商店——亚当夏娃保健中心在京开业。

1月11日　北京2000年奥申委向国际奥委会呈交第27届奥运会申办报告。

1月19日　中国20世纪最大的铁路客运站工程——北京西站开工。

1月　北京市房地产管理局首次向国内外招标，出让国有土地使用权。

2月6日　北京市首批携带车身广告的44路公共汽车开始运营。

4月9日　北京市第一家国有大型股份制商业企业——北京王府井百货大楼（集团）股份有限公司成立。

4月19日　经北京市政府批准，小学毕业生升初中，实行划片就近入学。允许少数学生按一定比例和范围，经保送、推荐选择中学就读。

5月2日　首都规划建设委员会召开北京市首次住宅设计工作会，会议提倡大客厅、大厨房、大卫生间、小卧室、多壁柜、长阳台（简称“三大一小一多一长”）方案。

6月4日　首批台湾挂号邮件总包（内装472件）到京。

处的莲花池。

早在1984年，在北京西站的初步设计中，铁道部第三勘测设计院就提出几个选址方案，其一是站中心正对羊坊店路，站台西端距站中心180米；其二是站中心正对北蜂窝路；第三则是站中心正对翠微路。从尽量减少拆迁的角度看，有专家认为，第一种方案（也被称为“莲花池方案”）是最为合理的。

但据侯仁之的弟子、曾任北京地理学会副理事长的朱祖希回忆，当这些方案拿到北京大学征求侯仁之的意见时，他明确地提出一定要让出莲花池——这里是曾经的金中都太液池，在北京的建都史上具有至为重要的意义，为此侯仁之甚至把它称为“北京生命的源泉”。

侯仁之的意见最终得到了尊重。为了保护莲花池这一重要的古代文化遗址，设计人员经过多方论证，最终确定了车站北移方案。莲花池前东西流向的莲花河实在无法避让，则改成了盖板河。

朱嘉禄表示，设计方案对莲花池的尊重还体现在南广场外建筑的高度限制上。以45米高的南站房为极点，由此向西，“越靠近莲花池的地方，建筑越低”。无论从北京西站还是莲花池看来，一方都应该构成另一方视觉中的有机组成部分。

【被甩项目】
未完成的国际“接轨”

1993年，北京西站开工不久，作为国务院引智办组织的北京西站建设工程考察团的成员之一，总设计师朱嘉禄赶赴欧洲。在德国，他看到从火车站大厅可以直接进入地铁，不只如此，几乎所有的城市交通工具线路都汇集在火车站。他至今仍清晰地记得一位德国同行说的那句话：“在火车站复杂的交通布局中，为节省一分钟路途时间我们宁可多花几亿马克。”

回国后，朱嘉禄对北京西站整体设计方案作了重大修改，一个重要的设想就是实现火车和地铁的近距离换乘，为此将预留的地铁通道改成了2万平方米的换乘大厅。“北京西站因此就结合进了一个综合交通枢纽的概念，换乘不同交通工具的人群在地下通过滚梯就可以到达各自的目的地，而不必像后来那样大部分人都要经过长长的出站通道，并且汇聚在狭窄的北广场上。”但是，直到北京西站于1996年初宣布通车时，因为后续资金投入不足，甩项较多，并未能全面实现设计要求。

在最近提交的后续建设方案中，朱嘉禄提到的最重要的被甩项目有未开通的南站房、遥遥无期的地铁7号线和9号线、阙如的下沉绿地、闲置的地下车库、迟迟未完成的南广场等。而按照后续建设方案设想，随着地铁7号线和9号线的最终开通，“我们估计，仅仅地铁这一项，就可以承担北京西站50%左右的人流。”朱嘉禄说。

6月29日 中华见义勇为基金会在北京成立。

7月5日 北京邮政枢纽工程建成投产。该枢纽为全国邮政网络中最大的邮件集散地和处理中心。

8月23日 北京地区首次骨灰集体海洋播撒仪式在渤海举行。

10月6日 国务院批准《北京城市总体规划（1991年—2010年）》。

11月25日 北京市性病、艾滋病防治协会成立。

11月 北京市放开冬贮大白菜的销售价格，实行市场定价。至此，北京市的蔬菜价格全部放开。

12月30日 北京市首批康居住宅朝阳区甘露园住宅小区交付使用。

【造型争议】
戴“帽子”的“窗口”

北京西站在建设过程中就成了一个饱受争议的建筑——有人认为这是成功结合了古都风貌和现代感的建筑群体，但也有专家认为这是一个在“夺回古都风貌”的口号下出现的“复古倒退”败笔。争论的焦点正是北站房正中的巨大孔洞和耸立其上的复古式亭子。

用加盖大屋顶来赋予当代建筑以传统元素，这一“夺回古都风貌”的主要举动可以看作是1986年开始的“维护古都风貌”口号的极端化发展。在这种口号下，在20世纪90年代，北京短期内就形成了屋顶“帽子”满天飞的局面，有评论者则斥之为“古都疯帽”。

早在1991年，建筑家张开济在致北京市长的一封信中就已提到了这种风气的负面影响。随着当时北京市长的离职，“建筑戴帽”得以告终。一位不愿透露姓名的专家认为，北京西站可能是最后一个以大屋顶为标志的国家级建筑。

对于这个小亭子所引起的非议，总设计师朱嘉禄并不讳言，但时隔多年，他表示已“不想多谈”：“民族形式是领导最初就提出的要求之一。最初我们只是在站房两端放了两个钟楼，但有关领导并不同意；改成稍微小些的亭子，也不让；最后的结果就成了这个高达30米的大屋顶。”对于有些人质疑“造成了空间浪费”的巨大孔洞，朱嘉禄解释，这更多的是考虑到未来地铁9号线将从这一线通过，为了防止地面的沉降，而不只是以此硬生生地造出一个“京城大门”的形象。

▼1993年底，国家重点建设项目北京西站的建设者们冒雪施工。

见证人·1993

1993年1月8日，中国首家性用品商店——北京市亚当夏娃保健中心在北京医科大学人民医院（今北京大学人民医院）分院大门东侧一间门市房内正式开业。“那天恰逢周总理逝世十七周年纪念日，那年也正好是他‘对青少年要进行性教育’的指示发表三十周年。”谈起创办这个当年被指责为“淫店”的性用品商店的经过，文经风（该公司的董事长兼总经理）仍然觉得像是一场充满冒险意味的传奇。

中国首家性用品商店开张

20世纪八九十年代的下海热期间，我办过减肥用品专卖店、左撇子用品专卖店，还有“人间指南服务中心”——就像后来电影《甲方乙方》中的“三T公司”。后来还做过婚庆公司、跳蚤市场、个人雕像公司。但这些项目我一个都没有做起来，情况最糟的时候甚至给员工开的基本工资都是向我父母借的。穷则思变吧——

外国电影的“性”启蒙

记得是在1991年春天，有一次去红楼电影院看电影，好像是一部法国片，看女主人公坐在一家咖啡馆里喝咖啡，透过明亮的大玻璃窗看到对面街道上有一家写着“Sex Shop”（性商店）字样的商店，这让我灵感突现！

开店的想法让我激动了很长时间。公司员工都说我疯了：当时避孕套主要由国家下发！国内是否有足够种类的性商品能够支撑起一个专卖店？国内还从没有人开过性商店，风险太大……说实话，这些分析都有道理。但反对声音越强烈，我的想法越坚决，连市场分析和论证都没进行。

人民医院顺水推舟

当时，北京市的门市房是极不容易租到的，偶尔遇到一间待出租的房子，房主却无论如何也不肯把房子租给我这样一个“神经病”胡来。一个偶然的机会，我结识了人民医院的夏亚钦大夫，她听了我的想法后爽快地说：“我去找我们的院长，也许他会支持你。”

几天后，在白塔寺的人民医院分院，分院院长王长举说同意把医院的门市房租给我，但要向总院请示一下。后来总院杜如昱院长亲自约我谈一下，一番连珠炮般地游说后，我看到杜院长夹着香烟的手在微微颤抖："这件事情太大了，我需要和其他几位院领导商量一下。"等了两周时间，我正准备另寻出路时，王院长让我去拿门市房的钥匙。那是1992年11月29日，是我35岁的生日。

在西城区工商局申办营业执照时，他们倒没有为难我，只是大家都不知道这种商品应该归入哪一类。我已经忘了是哪位的主意，最后居然决定把性用品放到保健食品的科目中，执照上也就写上了"北京亚当夏娃保健中心"。

开业16天后迎来第一位顾客

店终于开起来了，整整两周过去了，一个顾客也没有。

开业后的第十六天，终于进来了一个二十来岁的小伙子。他吹着口哨打量着货架上的商品，当他看清楚这是怎样一家商店的时候，口哨声戛然而止，圆圆的口形半张着，冻得通红的脸上沁出了细小的汗珠。那尴尬的表情我一辈子都忘不了，当时我真担心他一转身走出店门。可是，他并没有走，徘徊了很长时间，最后终于深深地点了点头，从口袋里掏出钱买了一盒避孕套，一句话没说便转身走出门去。

这是商店的第一笔生意，一共是9块6毛钱。我高兴极了，跑到隔壁买回一屉包子发给员工，花了10块钱。

20字报道引发全民热议

可是，之后几天又是没人光顾，有朋友建议我打广告宣传一下。可是当时我连开店的钱都是借的，怎么能掏得起广告费？我抱着本黄页，给各个报社打电话，只有一家报社的记者答应前来看看。几天后，在这家报纸的夹缝中，我看到了一则消息，满打满算不过20多个字。

就这样一块火柴盒大小的报道很快居然引来了几乎全世界媒体的关注。法新社的、埃菲社的、《参考消息》……中央电视台也来了！那天我们全家围坐在电视机前等待节目播出。我还记得，在我们店那条新闻的前面，说的是中国最后一位太监游览紫禁城的消息。

吴阶平题写店名平息风波

新闻的轰动效应带来的人流开始潮水般涌入这个不足100平方米的小商

店。我们是早上9点钟开门营业，可每当我8：30到店里时，门外早就站满了人。有两位从河北沧州赶来的顾客，凌晨4点下来火车，按报纸上的地址找到了我们店，因路不熟找不到住处，索性就待在门口等着开门。这样的情况又发生过很多次。

反对之声自然也不少，有那么一段时间，在马路对面总是有事没事地站着一群人。店面的橱窗上也被人贴过大字报，写着“淫店”、“大流氓”什么的。当然，也有支持我们的。记得有一天，一张红纸黄字写着“你们的勇敢将被写入史册”。

在这场冲击波愈演愈烈时，引起了时任全国人大副委员长的著名性学专家吴阶平的注意，我们谈了两个多小时。几天后，吴老的秘书来到店内，送给我一幅刚刚写好的题字，上面正是我们的店名——北京市亚当夏娃保健中心。此后，风波居然渐渐平息下来了。

《60年60人·1993》

北京的“末代”粮票

陈瑞亮，76岁，崇文区蒲园小区居民

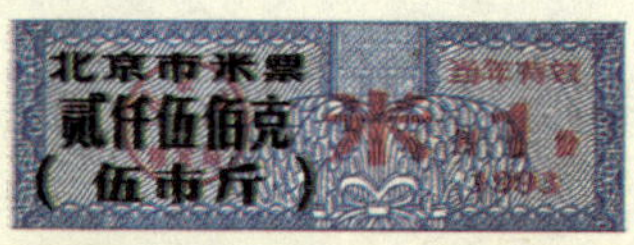

1993年5月的时候，北京市取消了粮油票，我像“集邮”一样把它们收藏了起来。其实北京粮票和其他地方的相比，又小又薄图案又不好看，如果不是看在是“最后的粮票”的份儿上，我也不愿收藏它们。

粮票的取消其实并没给人们的生活带来明显冲击，粮票制度毕竟是生活艰难时期的产物，由于粮食紧缺，只能定量供应。有粮票就按供应价，没粮票的话就按议价，说是“议价”其实也没什么商议的余地。如果议价是六角的话，供应价可能只有两角，60年代要是没粮票手头上有钱也不管用，照样买不到米面，粮票的优越性显得非常突出。

改革开放以后就不一样了，人们的生活逐渐富了起来，粮食供应也不再成为问题，因此粮食的自由市场越来越多，凭粮票买米面价格虽然相对便宜，但是质量没有自由市场中卖的好，因此在1993年粮票没取消之前，已经有不少人通过自由市场买米面了。所以粮票在发挥了应有的功劳后退出历史舞台，在人们的意识中是一件顺理成章的事。

据我所知，在其他一些城市，由于粮油的市场还不稳固，曾出现价格飞涨的现象，个别城市甚至在人们的慌恐心理下，后来粮票制度又恢复过一段时间。北京反倒很平静，一是粮油的储备量丰富，二是政府的宏观调控有力，粮票没了就没了，人们也不觉得有多么留恋。粮票和其他票券取消后，大家最大的感触可能是觉得兜里的钱太少，以前有了钱也没多大用场，现在钱多就可以买一大堆东西，没钱的人买的东西少觉得钱少，有钱的人花钱地方多也觉得钱少。

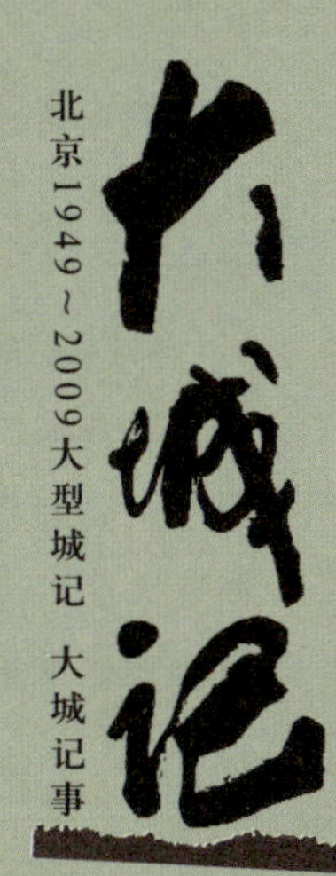

1994

阿苏卫垃圾填埋场

A'suwei rubbish landfill

关键词：垃圾填埋
北冰洋汽水

这是北京市第一座符合国际卫生标准的大型垃圾填埋场，其立项经费获得了世界银行的贷款，建成后更是作为样板接待了来自全国各地的参观团队，而关于选址和规模，学界和民间有着不同的意见。

市容危机
催生首个垃圾填埋场

溯源

清朝末年及民国时期，生活垃圾多用于填埋市区坑洼，或在市区及故宫内作露天堆放。至1949年北平和平解放前夕，堆积于市区（含故宫）内的垃圾，达49万余吨。20世纪60年代初至70年代末，城市生活垃圾或用于填埋郊区坑洼，或在近郊区作简易堆放，至80年代初，即沿城市周边形成了一条绵亘错落的垃圾环带，70年代末80年代初，曾几次产生垃圾消纳场地“危机”，对市区及郊区环境保洁构成了严重威胁。

1985年至1986年，四个垃圾堆放场，在北京远郊区先后建成并投入使用。垃圾处理方式与处理性质，与近郊区已经采用过的简易堆放相同。

1994年——阿苏卫垃圾填埋场投入使用……

数据

1944年年产生活垃圾589840吨；1955年年产生活垃圾815410吨；1966年年产生活垃圾1115164吨；1978年年产生活垃圾919248吨；1989年年产生活垃圾2986248吨；2008年年产生活垃圾672万吨。

1994年12月26日，阿苏卫垃圾卫生填埋场建成投入运转。这处填埋场位于昌平县阿苏卫（"阿苏"是蒙语"守卫"之意，是元朝皇宫中护卫亲军的组织名称，后来汉人称之为"阿苏卫"）地区，距市区35公里，总填埋面积40多公顷，是第八个五年计划期间，首都环卫基础设施的骨干工程之一。阿苏卫填埋场一期工程经过了美国环保咨询公司专家的论证，按照国际上关于垃圾卫生填埋标准进行设计施工，是北京市第一座符合国际卫生标准的大型垃圾卫生填埋场。

选址 地下水高氟带上的垃圾场

"在阿苏卫建立之前，北京市没有一个垃圾卫生填埋场，当时选址在北部，市里拨了一笔征地的款项，小汤山镇和百善镇都抢着要垃圾场落户在此。所以，填埋场就设立在两镇之间的交界地。"现任北京环境卫生工程集团有限公司四清分公司阿苏卫垃圾卫生填埋场主任杜巍说。

阿苏卫垃圾填埋场书记安永强补充说，1986年的北京，如果从高空俯瞰，可以看到很多裸露在地表的被随意丢置的垃圾，并且不断在向郊区扩展。对垃圾进行无害化处理，进行卫生填埋，改善垃圾处理现状迫在眉睫。为了防止垃圾渗沥、大气污染，阿苏卫是北京，乃至全国第一家尝试卫生填埋垃圾的垃圾场，它的立项经费获得了世界银行的贷款。后来垃圾场建成，作为典范，引来全国各地环卫行业的人员前来参观。

可与当年小汤山镇和百善镇竞相要求在自己的辖区设垃圾场相比，"随着老百姓环境意识和国民意识的加强，现在人们谈垃圾场

◀（前页）除了来自东城区、西城区的垃圾之外，"阿苏卫"如今也负责昌平区和朝阳区的部分垃圾处理。日垃圾处理量3500～8000吨，远超负荷运行。阿苏卫的规划垃圾填埋面积为1159万平方米，目前已经填埋了700多万平方米。图为已填埋区上方的草坪。

纪事·1994

2月21日　北京市北冰洋食品公司与美国百事可乐国际集团公司合资兴办的百事北冰洋饮料有限公司成立。

3月8日　希望工程北京捐助中心成立。

3月15日　江泽民、李鹏到北京人民艺术剧院观看话剧《旮旯胡同》，并与编剧、导演和演员交谈。

3月27日　北京人民印刷机械股份有限公司、北京旅行车股份有限公司、北京王府井百货大楼（集团）股份有限公司和北京城乡贸易中心股份有限公司公开发行股票。

4月30日　世界银行投资兴建的阿苏卫垃圾填埋场在昌平小汤山建成。该场占地60公顷，每日可处理垃圾2000吨，占全市日处理垃圾量的五分之一。12月26日，投入运营。

5月5日　北京证券业协会成立。

7月1日　中国银行北京市分行开办外汇买卖市场。

7月9日　北京城近郊区电话号码全部由6位升至7位。

7月30日　国内首座大型无障碍建筑——远南大厦在北京竣工。

8月1日　北京市特1路、特2路、特3路、特4路、7路、49路和114路公共电汽车实行无人售票。

色变，都避之不及，谁也不希望把垃圾场安在自己的地儿上。”杜巍说，车辆运输、填埋等过程中污染等，光垃圾填埋场的味道就让人望而却步。“当时选址在这里，根据当时的立项报告，阿苏卫地区是地下水高氟带，没用上自来水之前这里的村民的牙齿都是黄的，所以这里的地下水不作为水源补给区，不影响建立垃圾场。加上这里运输成本较低，也是选址在此的原因。”

填埋　下铺防渗膜 上种绿草

垃圾车进场后称重、计量、到作业区卸垃圾、压缩、压平、覆盖黄土填埋的各个环节在控制下有条不紊地完成着，沼气发电厂利用有机垃圾分解过程中释放的沼气发电，污水处理过后的中水水池里养着金鱼。

“填埋场的垃圾按照一层垃圾一层土的方式填埋，阿苏卫的垃圾填埋是按照地下深度5米，地面以上40米的库容量进行填埋。”杜巍介绍1994年阿苏卫垃圾场建成后的填埋情况。填埋到40米高度的垃圾上，已经种上了青草，垃圾场倒有点类似高尔夫球场。开车盘山上到顶层正在填埋垃圾的位置，从四清公司大屯转运站开来的垃圾运输车倾倒下满载的垃圾，惊起一片正在觅食的乌鸦和麻雀。

“我从1987年退伍后就来四清工作，参与阿苏卫垃圾场的修建，还有现在每天的运三四次垃圾到这里。”司机秦洪月正用笤帚刷去车身上残留的垃圾。“修建垃圾场时，这里就是一片荒野，我们自己修的路，当时叫‘自建路’，现在叫‘四场路’。当时两辆车会车都会不拢，亚运会时才开始修的立汤路，我记得天通苑当时的红砖楼是立水桥往北最早的一幢楼，是我们四清的。”秦师傅回忆说。

最初“阿苏卫”只负责东城、西城的垃圾填埋，“不过那时垃圾车小，斯太尔的小车一天得跑上五六趟。那时的垃圾高产时期是每年的11月，从早7点到晚8点，都有车过来。为什么是高产期？因为冬天落叶很多，当时北京城还烧煤，烧煤的煤灰，冬储白菜的白菜梆子，都是主要的垃圾源”。

阿苏卫垃圾填埋场51岁的员工王富生1985年就进入四清工作，他说，1996年时这里每天处理垃圾1600多吨，在当时市政能拿出这笔钱来已经不是小数目。填埋场也有十几位合同工来自当地。

对于一些市民担忧的渗透问题，阿苏卫垃圾场从设计和建设之初也采取了相应的对策——“一期工程的防渗措施是使用黏土层加膨润土板建成盆状的防渗设施，防渗膜的上面设立渗沥收集管网，收集渗沥进行污水处理。为了防止填埋时的垃圾渗沥到地下，施工时环场一周向下浇注混凝土30多米打造了防渗墙。”杜巍解释说，“二期工程从2004年3月开始，按照建设部的规范标准提高了要求，

9月1日　中断42年的清华大学中文系恢复，面向全国招收本科生。

9月8日　北京市第一所希望小学——蓝岛小学在怀柔县汤河口镇举行落成典礼。

10月1日　北京市八大公园举行游园活动，庆祝中华人民共和国成立45周年。

10月　曹子西主编的10卷本《北京通史》，由中国书店出版。

12月1日　《北京市最低工资规定》施行。

▲左　大型车辆正将来自市区的生活垃圾倾倒在填埋场。

▲右　沼气传输管道。

使用了高密度聚乙烯膜，简称HDP膜。”为了防止垃圾对大气造成污染，阿苏卫垃圾填埋场买入了昂贵的除臭剂。

垃圾填埋场的库容量是垃圾填埋场的生命长度的体现。杜巍认为原来拟定垃圾场十几年的使用年限不够准确，因为很多因素影响了垃圾场使用年限。首先，垃圾成分对垃圾场的使用年份有很大影响。“最早的垃圾成分里无机成分较多，现在有机物越来越多，自然降解得较快，层降得快，使用年限也延长了。但是自然降解的时间是个缓慢过程。”

▲一群飞鸟掠过垃圾填埋区。

再造 争议中的循环园区的前景

1998年，牛坊圈、二德庄和阿苏卫三个村庄村民联合起来进行24小时截车。后来，当地政府给这三个村子的村民补偿，建立了补偿机制。二德庄村民每人每天能得到1.5元补偿；牛坊圈和阿苏卫村民每人每天能得到1元钱。

二德庄村距离阿苏卫垃圾填埋场约500米，是距离垃圾填埋场最近的一个村庄。村里，一位不愿透露姓名的中年妇女说，现在村民每人每天能得到3.5元的补偿。她的女儿现在怀孕了，而她不敢让女儿回村里。因为每天垃圾场的排气都是不定点的，村民们在家都不敢开窗。

这里原本只是简单的填埋场，现在正在筹划建成一个北京北部生活垃圾综合利用循环园区。场区管理者介绍说，园区将采用循环经济理念，包括现有的填埋场、堆肥场、2007年5月建成的沼气发电厂等，以及此前受阻的阿苏卫垃圾焚烧厂项目，有望在年底前开工。杜巍的家就在垃圾场的下风位置回龙观，他说如果焚烧厂的各个环节得到精确的控制，垃圾焚烧的影响范围会降低很多，他本人就不担心。

也有环境科学专家对在这里建立垃圾焚烧厂提出反对意见。中国环境科学院的研究员赵章元指出，垃圾焚烧造成了烧完后体积缩小的假象，焚烧只是把部分污染物由固态转化成气态，其重量和总体积并未缩小……

见证人·1994

▲讲述人：邳福田，73岁，前北冰洋汽水厂职工。

北冰洋——北京的“嗝儿”

北冰洋汽水、双把儿、小碗儿都曾是新北京人耳熟能详的饮品和冷饮，也是20世纪50年代公私合营之后北京涌现出来的众多日用品牌中的荦荦大者。1994年2月，北冰洋食品公司与美国百事可乐国际集团公司合资兴办的百事北冰洋饮料有限公司成立（时称二百，一百是北冰洋和百事可乐在1989年成立的合资公司），北冰洋汽水以及其他产品走上了“新合作化道路”并渐行渐远。

北京的夏季饮料老早就有，比如现在那个表演叫卖的人念叨的酸梅汤。但是称为汽水的饮品，要到民国才有。双合盛啤酒汽水厂应该算是最早的，但它主要不是生产汽水，无论如何，要说汽水“生产”，说的是工业化，它这个应该算是开端。我们小时候，那是解放前，偶尔能喝的汽水，大部分都是家庭作坊鼓捣出来的。都是人工灌装，也有压盖机，动力属于“脚丫子驱动”。

大白熊商标问世

（上世纪）50年代我就进了“北冰洋”了。也是听老职工们说的，它早期的厂址在禄长街，是湖北国民党督军王占元的侄子王雨生投资开办私营北平制冰厂。后来被日本人占了，为侵华日军冷藏食品，是不是还搞人体试验咱就不知道了，这算前传。

1949年4月，人民解放军军管处接管了它。此前制冰厂的冰都是天然冰，冬天从陶然亭的冰面上刨出来，在冷库里存着。解放后始生产人造冰，冰厂定名为北京市新建制冰厂，职工也就20多个。

1951年开始生产汽水，当时的厂长邓毅提出创意，由当时厂里的美工设计了有雪山和白熊图案的北冰洋商标。当年即生产汽水6万多打，外加700多吨人造冰，盈利将近2万元。

当时的汽水主要以桔子汽水为主，很受老百姓喜爱。当时没有正式的生产线，灌装、加盖都是人工。工序要求技术熟练，加盖不及时的话，汽水冒泡外溢，还得重新灌装，效率不高。北冰洋后来在永安门外安乐林路征地建了新厂。到1955年，职工已有二百多人。

屈臣氏来京合营

1956年，制冰厂先后与同城7家私营小食品厂合并，改名为地方国营北京市食品厂。同年6月，与上海屈臣氏汽水厂合营，将该厂所有设备（三四十年代的美国造）迁至北京。义利面包也是那个时候从上海过来的。

上海来北京的企业感觉好像连窝端了，设备、箱子、瓶子甚至铅笔都装在火车上一起运过来。到80年代，员工们还能领到“屈臣氏”的橡皮头铅笔。当时也有一部分上海职工自愿来北京就职，职工人数增至三百多人。

新的生产线也带来了很多问题，人家屈臣氏的生产线和瓶子是配套的，他们的瓶子上了线纹丝不动，上面灌装的喷头能准确插入瓶口。“北冰洋”的瓶子上了传送带之后抖动不停，就跟半身不遂似的。

“北冰洋”原本用的是同是一轻下属的北京玻璃厂的产品，转而使用青岛的玻璃瓶。白熊图案采用喷绘，而“北冰洋”的字样则是直接“吹”到瓶子上，相当于今天的“桶标合一”。这一包装设计并非出于对不法商贩的防备，而是便于回收、清洗和再利用，同时也杜绝了使用纸标引发的浪费。

外销与外资

除了生产汽水之外，“北冰洋”也生产果汁和果子露（高糖，浓度堪比今天市场上的果汁，每箱12瓶，里面塞着木丝，就是细刨花，防震），也向苏联、东欧、蒙古、朝鲜出口。1958年之后，开始生产罐头食品。

厂名在1966年再度变更为北京市人民食品厂，承担了援越任务，增加军需品罐头生产。军需罐头商标是专门设计的，用深绿色是考虑到战场上的“迷彩”需要。

北冰洋从来没停止引进外省、外国的生产资源。在70年代，食品厂先后引进了联邦德国和意大利的设备；1984年，又引进了丹麦冰淇淋生产线，生产冰砖、双味冰淇淋、蛋卷、紫雪糕等备受市民喜爱的系列产品。

1985年，食品厂和原食品总厂（当时已撤销）供销部以及北京市饮料厂合并成北京市北冰洋食品公司，向30多家饮料生产企业提供“北冰洋”饮料主剂。此后几年，北冰洋大量引进瑞典、联邦德国、澳大利亚、瑞士、意大利和美国的生产线。

合资的事儿呢，那个时候的企业都经历过，大同小异。北冰洋和百事的合作在1989年就开始了。“北冰洋”和美国百事可乐集团公司合资建立的北京百事可乐饮料有限公司投产（业内称之为“一百”），生产百事的三大饮品。1990年是“北冰洋”最辉煌的一年。此后，“北冰洋”又和马来西亚、日本的公司合资。1994年就是“二百”了，生产碳酸和非碳酸饮料。就这么着，一块一块的，都切出去了。

现在市面上仍然可以见到北冰洋汽水，浑、齁甜，你晃一晃试试。橘茸不是这样的，口感和原来的不一样。

60年60人·1994

45周年国庆纪念章

郭树声，40岁，IT公司员工

1984年建国35周年，正是我刚上高中一年级的时候，学校接到上级政府部门安排的任务，组织高一的学生参加国庆游行。我和同学们每天下课后都要参加队列练习和集体舞的排练。

记得学校当时还给发了一套灰色的西装，现在想起来那西装的质量非常差，但当时却令我们非常兴奋。临到国庆前一天晚上乘车到长安街集合，老师给每位同学发了一枚有国徽图案的纪念章。他说那枚纪念章是国庆游行的通行标志，不能丢。

国庆当天，我们就是佩戴着35周年国庆纪念章，怀着激动的心情通过了天安门广场，回来后，我一直保存着，渐渐的，因为工作忙，顾不上个人的收藏爱好了，那枚35周年国庆纪念章也不知在家中哪个角落沉睡呢。

1994年建国45周年的时候，我有一位同学在北京市市委工作，当时国庆45周年办公室每位工作人员都有一份纪念章，制作量很少。

我同学知道我喜欢搞些小收藏，就问我喜欢不喜欢，我想起国庆35周年时的游行和纪念章，就要了一套。这一套两枚纪念章很小，每枚就指甲盖大小。放在一个小的缎面包装盒里。

当时一直放在阳台上，前段时间收拾阳台，家里阳台漏雨，发现盒子被雨水给泡污损了，都长毛了，但是里面的纪念章却完好，品相依然很好，很新。今年正好是国庆60周年，我将这两枚徽章摆放在我今年刚开的淘宝店铺里，和同龄人一起分享，一起品味。

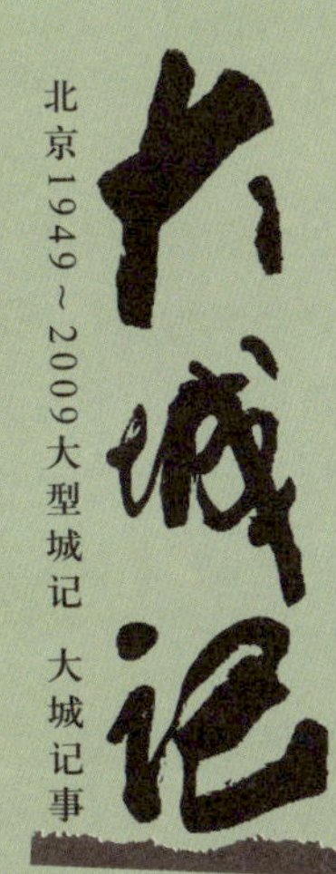

1995

三里屯

The origin of Bar streets

关键词：三里屯
5天工作制

正是这个极具乡土气息的地名，成为了北京夜生活的发轫之地。随着老酒吧商号的退出和新商业机构的入驻，“后三里屯时代”的北京夜生活形成了多中心的格局。

"没有三里屯，就没有夜生活"

站在三里屯爱尔兰酒吧拆除的废墟上，三里屯资深"吧客"、诗人大仙说，他想到了法国诗人伊夫·博纳富瓦的诗——愿有一地备给远方来客，一个冰冷的无家可归的人，一个给灯声所诱惑的人，在孤屋之光亮门槛上。

这是一条全长260米的小街，1995年4月，据说一对年轻人在三里屯北街开了第一家酒吧，从此，三里屯北街从闲散集市走向了北京时尚文化符号的酒吧街。2004年，同样聚集了不少酒吧的三里屯南街被拆除，三里屯北街保留下来。由于毗邻使馆区，外国人在这里找到了熟悉的夜生活方式。中国人在朝九晚五之后走进了夜生活。

浸染北京夜生活多年的人们称，"没有三里屯，就没有夜生活。没有夜生活，灵魂就不完整。"

▲三里屯北街正对着的VILLAGE广场十分热闹，很多居民趁着夜色来戏水。

三里屯北街：像旅游景点

1992年左右，刘树贺在三里屯街道办事处工作，负责经济事务，当时北京大力发展经济，要求每个街道每年要完成一定的经济指标。三里屯路口往南的一条街一直到朝阳医院一带形成了专营汽车配件的市场，附近的服装市场、字画买卖、花店等都很热闹。为了发展街道经济，三里屯街道办事处在三里屯路南口往北延伸260米的路东地段兴建了一批商业房，总占地面积为1691平方米，"1994年，街道办事处派了十几个工作人员下海，两人一组，承包一间商业房，做什么买卖都行，每年要上交办事处3万元钱。可是过了两年多，大部分人都完不成任务，又回到办事处工作"。

1995年，20岁出头的胡聪伦和哥哥从别人手里盘下了三里屯北街的酒吧city pub，中文名字是"云胜酒吧"。"不能确定是不是第一家酒吧，但肯定是最早的酒吧之一。"现任三里屯酒吧街管理办公室主任的刘树贺记得，1995年前后，三里屯北街刚开始出现酒吧时，"没什么顾客，客人要一壶茶20块钱能坐一整宿。当时路过北京的外地人，嫌住饭店太贵，有些人就在这里要一壶茶，约上几个人，喝茶打牌聊天过一夜。"从1996年开始，三里屯北街周边店铺都相继自发调整了经营方向，酒吧慢慢多起来了，酒吧街的名字慢慢叫响，"好像就是自然成长起来的，就像别人看到小孩长个儿一样。"到1997年和1998年，酒吧街进入黄金时期，最辉煌的时候这条街上酒吧多达28家，一年利税就有1500万元。

酒吧多了，竞争激烈了，音乐也加入进来。刘树贺介绍，"'云胜'和'男孩女孩'酒吧是最早引入乐队和歌手现场表演的。现在，酒吧街上几乎没有一家不配备乐队和歌手的。"据说三里屯的居民爱投诉，这就是困扰酒吧街的噪声扰民问题，特别是夏天。另外，在三里屯停车也是个大问题，停车停到马路上一启动防盗器就会响，声音响亮，夜里出租车多，随意掉头容易引起交通堵塞，一堵就有人鸣笛，噪声也大，"从1998年开始，每年要给临街的两百多户居民扰民费，每户每年800元。但2005年底拆了四家酒吧，现在每年给的是每户600元"。

纪事·1995

4月21日　明代鎏金铜编钟1件回归天坛公园（另15件仍流失国外）。这件编钟流失于1901年，1994年7月由印度军方移交中国。

4月22日　西周燕都遗址博物馆建成，8月21日开馆。

5月1日　北京市实行每周5天工作制。

5月16日　北京市与莫斯科市结为友好城市。

6月24日　首都经济贸易大学成立。

7月7日　北京市纪念中国人民抗日战争胜利50周年暨抗战纪念群雕奠基仪式在宛平城举行。

7月8日　中国体育彩票首次在北京发行。

8月6日　文天祥祠修缮工程竣工。

8月31日　北京木樨地立交桥建成通车。

9月　北京市崇文区广渠门中学创立高中"宏志班"。该班学员都是家庭人均收入在200元以下的特困生。

10月9日　北京正乙祠戏楼修复工程竣工并举办首场演出。

10月28日　古玩艺术品交易中心北京古玩城开业。

11月6日—12月20日　北京市清理整顿大红门地区，拆除47个违章建筑大院内6290间房屋。

11月16日　北京—九龙铁路全线铺通。

经过260米长的街道只需要几分钟，旅游大巴经常会开到这条狭窄拥挤的路上，在酒吧街工作近十年的小马说：“游客并不下车，导游可能会告诉他们这里就是著名的三里屯酒吧一条街。”夜幕降临时，“一些外地游客会到酒吧。还有酒吧的回头客，他们是在这里成长的，现在大多成了中年人”。

另外，三里屯北街在某种程度上也被认为是“站街”，经过这里的中国人和外国人被两种语言交叉着欢迎，“进来坐坐，没有最低消费，有表演”。这条260米长的街道也历经着变迁，很多酒吧在店主中间转手。例如曾在“男孩女孩”干了十年之久的徐健现在盘下了旁边的“地平线酒吧”。和很多在这条街上开酒吧的人一样，“我们就想稳稳当当求生活，这里没什么故事”。

消失的南街：像“飞地”

相比而言，消失的三里屯南街盘根错节着太多故事。三里屯居民王至伟介绍：“三里屯南街其实叫东大桥斜街，和三里屯北街虽然相隔了仅一条路，但却有不同的味道。北街像是旅游景点，南街就是‘飞地’，不规整，感觉更自由。我经常和朋友在晚上来这边，在街上走，或者找一个喜欢的小店进去坐坐。总是能碰到熟人，总见到有人大呼小叫打招呼。”用泡吧人的话说，在上海泡吧是认地不认人，在北京则是认人不认地。

这里至今还流传着许多故事：例如李季当时在南街开“隐蔽的树”，请的是比利时厨师，进的是比利时啤酒，是第一家卖比利时啤酒的酒吧，也是唯一一家不卖别的啤酒的酒吧。为此，比利时驻华大使接见过李季，因为他推广了比利时酒文化。2004年3月11日，就在三里屯南街拆除前夜，“乡谣”酒吧告别专场，已停水停电，这一晚罗大佑也来了；诗人大仙和他的朋友们数年前也经常聚集于南街，写了数篇文章怀念1995～2005年的三里屯，最近也写了几篇。例如怀念“爱尔兰酒吧”，包括这里的“健力士黑啤”和门前的羊肉串。大仙还说他曾在雪后的爱尔兰酒吧，喝着荷兰“高士啤酒”，于是触酒生情，吟诗一首：雪满山中高士卧，月明灯下美人来。有人当即反驳：杜十娘沉的是百宝箱，

▼现在的三里屯北街依然酒吧云集。酒吧街在1997年和1998年进入黄金期，最辉煌的时候这条街上酒吧多达28家。

◀拍摄于2005年的三里屯某酒吧。

奴家沉的是岁月和流光。

王至伟介绍，很多酒吧也都异地重开，例如“爱尔兰酒吧”迁到了亮马河凯宾斯基饭店南侧，“隐蔽的树”迁到三里屯北街，“芥末坊”在798艺术区，已经改成“仁”俱乐部，主要办一些现代艺术展或召开一些时尚新闻发布……在他看来，很多东西已魂飞魄散。作家杨葵写道，如同人生，最美好的童年，青年时代纷纷攘攘热热闹闹，可以头破血流可以胡作非为，可惜这一切都已经结束，中年到来，“合”相初露。

如今的三里屯南街是呼之欲出的三里屯soho，日本建筑学家隈研吾是设计者，他称“这里是顺应着地形起伏而设计的超高层大楼”，“发现这几栋建筑像峡谷一般，心情也开始雀跃起来。谷的最高峰如同男人，而女人就像山谷般，我希望这个成为市中心象征的超高层建筑能有新的突破，创造出新的自然”。三里屯北街正对的是太古广场三里屯VILLAGE，北三里屯3号楼的老居民经常坐在花坛边看年轻人来来往往，在他们看来，“原来那些老居民楼拆得飞快，这楼盖得飞快”，海报上这么写：“这里什么都不是，这里什么都是。”这边有人隔着马路看对面酒吧里隐隐约约的表演。三里屯酒吧街管理处的刘树贺说，他还是喜欢以前有点破破烂烂的感觉。

见证人·1995

5天工作制推行始末

孔德涌，73岁，曾任国家科委政策法规司总工程师、中国科技促进发展研究中心主任、中国常驻联合国代表团科技参赞。

1995年3月25日，国务院总理李鹏签署国务院第174号令，发布《国务院关于修改〈国务院关于职工工作时间的规定〉的决定》。决定自1995年5月1日起，实行5天工作制，即职工每日工作8小时，每周工作40小时。同年7月，我国《劳动法》正式出台，在有关工作时间和休息的相关制度中规定：国家实行劳动者每日工作时间不超过8小时；平均每周工作时间不超44小时的工作制度。

缩短工时后，我们发现工作效率提高了，改变了企业冗员的局面和部分职工拖拉懒散的工作习惯。缩短工时也有利于增加就业，有些同志认为可以研究一下实行四天或四天半工作制的利弊。

战斗的星期天，疲劳的星期一

新中国刚成立时，对劳动时间没有法律规定，只在中国第一届政治协商会议通过的“共同纲领”中提到，将工作时间限定为8到10个小时，后来就延续下来。那时国际形势紧张，社会主义建设要快马加鞭，一些党员加班连加班费都不要，一直都是一周工作六天。另外也有人感慨，中国是世界上劳动时间规定最复杂的国家之一：夏天可以提前1个小时下班，气温超过38摄氏度就放假；每月可以请三天病事假，工资照拿；一年除去七天节假日之外，还有十几天的带薪休假；女职工的产假各单位规定不同；让工人加班也不算违法……

有人算过一笔账，如果每人平均工作2448小时，在岗位的实际工作时间只有1800个小时，照这个算法，工人实际上一年劳动225天。同时由于一周只有一天假，很多人把所有的活都放在周日干，要换煤气、洗衣服、看老人等，当时有个说法，“战斗的星期天，疲劳的星期一”。

80年代初，开始有机会出国出差，我的前任胡平同志出国后注意到，联合国每周工作四天半，欧洲、亚洲和北美的很多国家也都实行每周五天甚至四天半的工作制度，工时大都不超过40小时。当时世界上有一百多个国家实行五天工作制，世界上最贫穷的44个国家中有28个国家实行五天工作制，与短工时相应的是高效率和低能耗及旅游、教育等第三产业的大发展。回国后，胡平向时任国家科委主任宋健汇报了这个情况，宋健表示，研究中心可以研究我国是否有条件实行五天工作制。国家科委常务副主任有两位，一位表示赞成，另一位表示反对，他说“什么五天工作制，七天还不够呢”。

八成人想多休一天

当时我们以为工作时间越长，生产出的价值越大。实际上工作时间并未有效利用：迟到早退、上班时间看报纸、织毛衣、溜出去买菜、接孩子都是常事。如果实行五天工作制，一些老同志担心，企业少收入一天，政府就要补贴企业一天，会不会给政府造成负担？如果休息两天的话，一天用来干活，另一天干什么呢，当时也没什么休闲娱乐活动，怕有些年轻人会成为社会不稳定因素。

到底五天工作制是否可行，1986年我们成立了课题组。研究的内容包括发达国家短工时的效率、能效比，带来的冲击和已有的经验；我国工作时间的利用程度；人们对缩短工时的心理接受；学校、医院等公共福利事业该如何应对；地区、企事业单位的不同情况等。有一项是面向各大城市各行业的调查，我们发出了6336份问卷，其中有一个选项，在每周“增加一天工资”和“不增工资，增加一天休息”之间选，结果有80%的人选了后者。1987年底，课题组完成了总体报告和几十个分项报告，得出“我国具有缩短工时，推行五天工作制的条件”的结论，建议国家立即制定有关方案逐步推行，力争在2000年以前全面实行五天工作制。

我们决定先在研究中心内部小范围试验一下，因为研究中心都是脑力工作者，实行起来很容易。报告被搁置了几年，邓小平同志南巡讲话后，我觉得这是时机，就联合劳动人事部等部门向国务院提交报告，1994年3月，我国试行了“隔周五天工作制”。1995年，正式实行5天工作制。

这个制度也很有灵活性，例如沿海地区的制造业，很多打工者希望多赚钱，他们愿意延长劳动时间。还涉及一些公共基础部门实行灵活调休制度。

此外，这时段也是我国第三产业大力发展的时候，人们可以利用周末放松、充电，旅游也兴起了。

《60年60人·1995》

希拉里在怀柔演讲

苏晓环，58岁，
《中国妇女》英文版编辑

我们杂志是属于全国妇联，1995年在怀柔举办世界妇女大会，我们杂志社选了三个人去为大会服务，我不会说英语，只能报名当了志愿者，被分配到怀柔NGO（非政府组织）会场，在办公室做后勤工作。

我们住在部队营房，工作地点在怀柔教育局驻地。住房是办公室临时改的，电视机是从环保局借来的。办公室的车是从部队抽调的，司机小刘车号是3838。有人问他，是不是开妇女大会，才用这样的车号？

大会期间，北京城里有些传言，例如怀柔有外国妇女裸体游行。有人悄悄问我，是真的吗？我说没有。但游行是平常事，经常看到几个外国妇女扯上条幅，写几句话。还传说外国同性恋者有艾滋病，蚊子能传染艾滋病。我去过同性恋者开会的帐篷，她们都是友好的女人，在认真讨论问题。

在怀柔参加会的都是各国的民间妇女组织（NGO），会场设在一顶顶帐篷里，讨论形式也不拘一格。一百多个国家的妇女穿着民族服装。NGO快结束时，希拉里要来演讲。由于早上忽然下雨，地点又转到礼堂里。我挤了好久才进去，站在最后。希拉里在台上，几个大汉站在台前保卫，好像电影里的情景。

▲1995年世界妇女大会时街头挂出的横幅。

1996

城墙砖

Another brick in the wall

关键词：城墙砖

在20世纪初就开始的数次旧城改造过程中，有大量的城墙墙砖散入民间，化作民房、工厂围墙、公厕以及防空洞的建材。1996年，北京市文物局呼吁市民捐献城墙砖，以期修补东便门古城墙。这一举措留住了最后的城墙，也是对修旧如旧这一古建保护原则的践行。在城市变脸中遗弃的城砖，被百姓收留下来；在城市身份确认过程中被吁请的它们，又被百姓捐赠出来……

失之全城 收之东隅

【砖失求诸野】在20世纪初就开始的数次旧城改造过程中，有大量的城墙墙砖散入民间，化作民房、工厂围墙、公厕以及防空洞的建材。1996年，北京市文物局呼吁市民捐献城墙砖，以期修补东便门古城墙。这一举措留住了最后的城墙，也是对修旧如旧这一古建保护原则的践行。在城市变脸中遭弃的城砖，被百姓收留下来；在城市身份确认过程中被吁请的它们，又被百姓捐赠出来……

▲在踊跃献砖的市民的支持下，这段几乎仅存的明代城垣得以保留、修复，并且被开辟成了体现古都面相的开放式公园。

1996年9月，来自东便门古城墙边的一封举报信摆到了北京市文物局领导的面前。当时东城区正跟一家中国荷兰合资地产公司联合，准备建设一栋高档商务楼（即后来的荷华国际大厦），选定的地址就在北京站东的三角地，这里距北京站东街到角楼残存的那段明城墙只有不到10米的距离。这栋大楼打算将正门开在东侧，这段城墙首当其冲，极有可能将被拆除！

举报信 引发媒体热议残城墙去留

举报信被转到《北京晚报》科教部，时任主任黄天祥第二天便邀约北京市文物局工作人员高晓龙来到了现场。那时，在大约一里多长范围内，北侧的民房因为城市改造刚刚拆除，露出了原来被当做后墙的古城墙，斑斑驳驳，还留着石灰印。城墙顶上杂草丛生，还有铁丝网。但仔细看那些城砖，依稀还能看到印有“万历”、“嘉靖”等字样的款识。

包括南北向这段300多米的城墙在内，然后从东南角楼向西折向崇文门，断断续续，绵延1800多米，在北京城内仅存的两处明代城垣中，已经是最长的一处。

9月22日，一篇题为《请留下这段明城墙》的报道发表在《北京晚报》头版。9月25日，著名历史地理学家侯仁之、建筑大师张开济等人就来到了这段城墙遗址考察。不久，北京市文物局即作出决定，这段城墙全部保留，并且着手抢修，力争早日开辟为遗址公园。

有意思的是，随着多家媒体的连续报道和文物局决定的作出，原来准备拆掉城墙的公司也终于表明了态度：取消原来的建设计划，并且为城墙修复捐助300万元。

（据参与城墙修复工作的北京文物古建公司项目经理徐子旺回忆，2004年，荷华大厦建成后又曾经提出开东门，拆城墙或在城墙上开券门的动议，但因多方反对，最后也只好作罢。）

纪事·1996

3月15日　北京市政府办公厅发出通知，从即日起，对现役军人和武警官兵免收公园门票和军车临时停车费。

4月24日　北京市档案馆新馆开馆。

4月29日　北京平谷县大华山镇西峪村发现一合资公司以美国一号混合废纸的名义进口“洋垃圾”共639.4吨。

5月8日　北京市电话号码由7位数升为8位数。

5月15日《北京市公共场所禁止吸烟的规定》实施。

5月30日　《北京日报》报道，“东方广场”项目获得批准。该项目规划占地面积11万平方米，总建筑面积约76万平方米。

6月　北京市开始勘定区域界线。

7月1日　北京市城镇居民最低生活保障制度实施，确定1996年北京市城镇居民最低生活保障线为家庭月人均收入170元。

9月24日　当代北京史研究会成立。

10月26日　已故全国劳动模范时传祥塑像揭幕仪式在北京市劳动人民文化宫举行。

10～12月　北京市开展“爱北京城、捐城墙砖”活动，文物部门共收到社会各界捐献的明清城砖3.2万块。

收砖 “捐城砖办公室”成立

城墙修复工程就从原来准备开门的地方起步，为北京站东街外城墙的北段，共57.6米。而整个北京站东街到东南角楼共310米长的城墙（一部分被铁路线穿过，所以并不连贯）上，外墙城砖早已消失殆尽，城墙内部靠近夯土地方的城砖也所剩无几。

明代的城墙本来底宽6丈1尺、上宽5丈1尺、高3丈8尺，这时却已经大半破损，有的地方甚至只剩下了基址。未来将要陆续修复的角楼至崇文门段共1500米（连同马面长度）的城墙也是如此，或者只剩下残破的单面，甚至两面都已经光秃，只有北京站南门西侧一小段南北两侧城砖还相对齐全。

修复城墙无疑需要大量的城砖，而在过去持续多年的拆除北京城墙的狂潮中，大量的城砖已经散布市内和近郊各个角落，用到了防空洞、自建民房、公共厕所、工厂围墙甚至郊区农民的猪圈之中。后来，随着城市改造的进行，大量城砖被遗弃在各个拆迁工地上无人过问，甚至被当做废弃物处理。

于是，北京市文物局决定在全市范围内发起一场“爱北京，捐城墙砖”的活动。时任局长单霁翔（现国家文物局局长）为此专门举行了一场“答记者问”，并刊发在1996年12月9日的《北京晚报》头版。

捐城砖活动由承担城墙修复工作的北京文物古建公司负责，为此专门成立了“捐城砖办公室”，徐子旺则担任了这项工作的负责人。

▼左 1996年12月，陈秀芬蹬着三轮车走了十多里路捐献城砖。

▼右“明北京城东南城角楼”是硕果仅存的一座外城墙角楼。

献砖 百姓为“城墙纪念碑”添砖

当时居住在北京站附近城墙根下某条胡同中的普通工人魏锦山当天就看到了报纸上刊出的消息，从此开始骑自行车穿梭于南北小街、前门外、朝阳门大街、东直门大街等各个拆迁改造工地。

后来，京通快速改造时，沿线民房的拆迁工地又出现了大量城砖，而这时魏锦山所在的工厂早已从市内迁到了通州，正好是他上下班要经过的地方。于是，他放弃了单位班车，每天骑自行车上班，单程都要用一个多小时，回来时便顺路带回两块城砖。

“每块城砖有48斤重，我骑的那辆28车只能带两块。带回后存放在家里，积累到大约100多块的时候，就通知‘捐砖办’，让他们派车来拉。”魏锦山说，“每到休息日，我则到城里各处转悠，捡到后就直接骑车给他们送去，有时一天要送三五趟。后来发现，这样捡速度太慢，就先用自行车驮出来，在马路边就近找块地方存放。捡得差不多了，就画个位置草图，交到‘捐砖办’，让他们派车去拉。”

最初捐砖的时候，“捐砖办”都会给清清楚楚登记在册，而魏锦山一人登记在案的数量就达到了3300多块。“后来不再登记了”，但他的捡砖、捐砖活动仍没停止，一直持续到现在；不同的是，魏锦山早已退休多年，年近70岁，而他所骑的也从28自行车换成了24自行车，“这种车承受不了太多的重量，带两块砖，再坐上人，非压垮不可。干脆，我就推着送”。

▼左　透过城墙上的一个券门可以看见CBD。

▼右　2009年7月，城墙某段的顶部正在施工。

断壁残垣修补城市记忆

魏锦山不一定是第一个捐城砖的人，但13年如一日，肯定是坚持时间最长的人之一——这种执著和热情给徐子旺留下了非常深刻的印象。令他感动至深的还有一位冯宝华，也是一位普通工人，多年以来坚持捡砖、捐砖，几乎每天必送两块，风雨无阻。

“他们是捐砖的北京人的典型代表，实际上从发动捐砖那天起，这项活动就得到了北京市民和许多机关单位、厂矿企业的积极响应。特别是1997和1998两年。”徐子旺说——

“我们开通了专门的‘捐砖热线’，许多没有时间和精力捡砖的市民也积极打电话提供线索，也有捐钱的。一家建筑企业要给捐水泥，但古城墙修复只能用传统建材，他们就把水泥折合成现金捐了出来。”

为了鼓励捐砖市民，北京市文物局制作了一批捐砖证书，上面印着的正是精美的城砖图案，并且于1997年8月7日举办了第一次捐城砖活动表彰大会及捐城砖活动展览。

经过近3年的城砖捐献及其他筹备工作，1999年底，明城墙修复及遗址公园建设一期工程（北京站街至东南角楼段）正式启动，至2001年底完工。“很快，我们启动了从角楼到崇文门段二期工程的建设。

捐砖活动也在持续进行，一直到2006年，明城墙遗址公园完全建成。在所用的200多万块城砖中，来自市民捐献的旧城砖就达到了50多万块。此后，仍不断有热心市民继续捐献。”徐子旺说。魏锦山则觉得，现在修复完的城墙还没有达到明代的高度，而且以后还要面临维修问题，所以自己的举动不会因此减少价值，再说，“城砖毕竟是属于北京的珍贵文物”。

见证人·1996

京城再现振远“镖局”

▲范煜，北京振远护卫中心训练勤务部经理

20世纪90年代中期，北京市接连发生几起金融抢劫特大恶性案件，一时全国为之震惊。北京市公安局遵照北京市和公安部的指示，以当时下属的经济民警总队为依托，于1996年5月8日组建了我国第一家专门从事武装押运的保安服务企业——北京振远护运中心。这也标志着中国现代押运业的诞生。2001年12月，该中心与经济民警总队合并，正式更名为“北京振远护卫中心”。

1983年，我参加公安工作，被分配到北京市公安局十处（现北京市公安局内保局）。1985年底，到了刚刚恢复组建不久的十处经济民警管理科。这个科室最早负责718厂、774厂等几个军工单位的经济民警工作，后来又扩展到北京内燃机总厂、东风电视机厂等单位，都是大型的国有企业。经济民警队伍由这个科室统一组建统一管理。

自“文革”开始后，取消经济民警，20世纪80年代初北京经警队伍建设开始重新起步。到1991年，在管理科的基础上成立经济民警总队，包括统管和兼管的，整个队伍加起来已经将近9000人。

1996年北京振远护运中心成立之前，各金融单位的押运工作也大多由银行自己的职工来承担，郊区银行还可以持枪押运。1995年底到1996年年中，北京接连发生了多起持枪抢劫银行的特大恶性案件。特别是1996年2月至8月，鹿宪洲等一伙歹徒先后三次持枪抢劫银行，劫走现金数百万元，并致数人伤亡。公安部和北京市意识到，建立一支更加专业的职业化武装押运队伍，已经迫在眉睫。

由北京公安局十处出面组建这支队伍看来是顺理成章，因为它本身的职责就是担负全市的经济保卫工作，经济民警总队也因此做好了另起炉灶的准备。

1996年5月8日，北京振远护运中心正式成立，从经济民警总队抽调优秀队员组成护卫队，利用团河经济民警培训基地临时建立了一个押运基地。这年8月1日开始运营。最初，护运中心只有20辆款车，建设银行成为最早的客户。1996年11月底，在西红门建了第一个正式的押运基地后，业务很快又扩张到工商银行等单位。那段时间，各金融单位都还处在几起抢劫大案带来的恐慌之中，所以护运中心的业务非常繁忙。

作为全国第一家武装押运企业，振远成立不久，公安部就召开了现场会，要求在全国推广北京的经验。当年，上海和深圳就成立了各自的武装押运企业，现在已经遍布全国各大城市。这标志着金融守押社会化开始真正实现。

当然，振远的押运业务已经不只限于金融，像珠宝、珍贵邮票、文物、佛牙舍利等贵重物品以及危爆物品都已进入守押范畴。2008年奥运会期间，我们也担任了兴奋剂检测样品、奖牌、比赛用枪和奥运会指定运营商中国银行的票款的押运工作。在2008年的奥运会和残奥会期间，振远的押运车和荷枪的护卫人员成了那一段时间北京一道非常醒目的风景。

（北京振远护卫中心业务部经理孙莹和第五基地主任陈福朝对本文亦有补充。）

60年60人·1996

数码狂人是这样练成的

肖威，男，29岁，
公司职员

1994年，上初中不久，作为奖励，家里人给我买了一台386，内存4兆，硬盘只有40兆，当时是很牛掰的机子！《倚天屠龙记》是我接触的第一款情节游戏。它情节松散、画面粗糙，我常玩的还是DOOM等非情节游戏。

1996年，一位同学买了这套正版的《仙剑奇侠传》送给我。画面、剧情不用说，还配有七八张CD音轨，配乐非常到位。为了玩这款游戏，我特地给电脑加了光驱和声卡，玩得那叫痴迷。直到现在，我仍然觉得这是早期情节游戏中最有代表性的一个。

可能也是在这个时候，开始出现DVD，可以在电脑上放电影，但要安装一个解压卡。不久就有了“软解压”的概念，是最早出现的可以播放DVD的软件程序，只是用这个程序看电影画面和音效都非常差，而且播放并不流畅。后来播放软件就越出越多了。

1996年底，我听说在首体西门有个网络咖啡屋，说是全国第一家。我自己接触网络是在1998年，拨号上网，网费很贵，所以并不常用。

大城记

北京1949～2009大型城记 大城记事

1997

潘家园

Panjiayuan curio market

关键词：潘家园
香港回归

在文物市场开放之后，这个曾经的鬼市流传着“古玩虫”们一夜暴富的传奇。这一年，一位摄影师在潘家园一侧的垃圾场发现了大量的“宝贝”……

跳蚤市场偶有“龙种”流传

“北京有两大必看的人群景观——天安门广场抬头看升国旗；潘家园地摊低头寻国宝！”纪实文学作品《谁在收藏中国：中国文物黑皮书》一书的作者、记者吴树曾引用这样一句俏皮却写实的话。

▲人们在商品交易（其中不乏欺诈）过程中，学习经济常识和商品常识，提高自己的文化审美，这是潘家园的意义所在，它见证了旧物市场从自由到理性的过渡。

旧货市场延续“鬼市”传奇

潘家园，原名潘家窑，据说是一姓潘的村民专门为北京修城墙烧制城砖的砖窑所在，后来“窑”字雅化成“园”，砖窑早已不知去向，却有了清末没落贵族变卖家产为生的“鬼市”，昔日的尊贵让贵族们拉不下面子，就只好选择凌晨三四点钟的临时集市。

解放前的琉璃厂等作为古董交易集市，在新中国诞生时被控制、限制起来，尤其是“文革”期间，古董、旧物交易市场成为人见人打的资产阶级的“毒苗”。

“所以‘文革’后，潘家园地区自发形成的旧货交易鬼市逐渐繁荣起来，是一种报复性的经营模式，是对封闭状态的冲动决口，是人欲在压抑很久后的爆发。在国外，这种类似的跳蚤市场，是很常见的，苏富比拍卖行最早就起源于地摊文化。”本身就是潘家园旧货市场的参与者的吴树说，此时，政策上也有裂口可以突破，处在北京郊区的潘家

◀潘家园不再是捡漏者的乐园，也不再是文物赝品的集散地，“有序”正在成为这座市场的一个发展方向。潘家园已经形成了一套完整的商业链，游客们买完“古董”之后也可以给它配一个合体的包装盒。

园圈地比较方便，没有隆福寺、大钟寺本身是文物、空间逼仄的限制。而潘家园旧货市场的兴盛，“最大原因是利益驱动”。

潘家园鬼市在‘文革’后持续了很多年，它位于东三环潘家园桥西侧。在1995年之前，它是一个非法文物交易市场。那时，每天天没亮，“鬼”们纷纷从胡同里钻出来，占据街道两旁的空地，放下麻布袋或蛇皮包，从里头掏出些旧货就地摆上摊儿。

几乎与此同时，一些“古玩虫”也匆匆赶到这里，骑车的、步行的，还有人一溜儿小跑兼做锻炼。他们每人带着一只小手电筒，借助手电光一个个摊位地逛，挑选自己心爱之物，直到天亮自动散场为止。卖主有自发充当哨兵的，一旦发现有“敌情”，收拾东西就逃，同时，还大声吼着发出警报：“城管来了！工商来了！文物局来了！稽查队来了！”这时“鬼”们带着“鬼货”，如鬼魅散入岔道、胡同里。

1995年，借助拍卖公司将文物公开上市的东风，有关部门解放思想，在潘家园街道南边的空地上用帆布搭建了临时帐篷，然后让街面上的“孤魂野鬼”们退街进场，半收半掩、半合法半非法地将一些文物掺杂在古玩旧货中公开买卖。

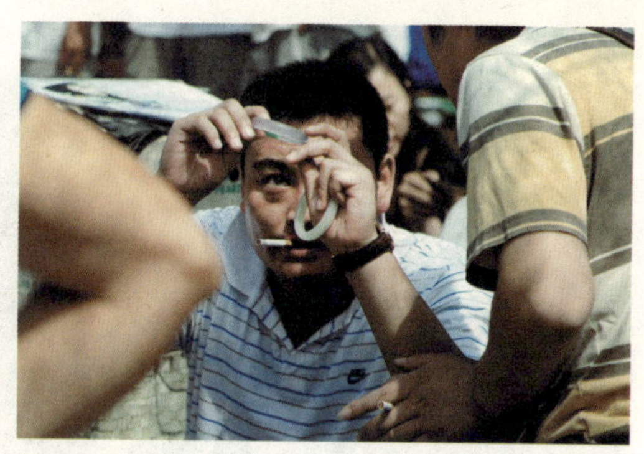

▲左　1996年4月，摄影家李振盛在潘家园附近的垃圾场内手持《假日是这样度过的》留影，有大量珍贵的照片被撕得漫天飞舞。

▲右　京城玩家公认的事实是：旧货意义上的潘家园正在慢慢消亡，现在“漏儿”日趋罕见，打眼才是主流。

摄影家捡了一车“漏儿”

1997年4月26日，摄影家李振盛接到另一位老摄影家的电话，他告诉刚回国不久的李振盛，在朝阳区潘家园有个旧货市场，每逢双休日开市，他本人刚从市场上花50元钱买到600幅照片，其中很多都是名家真迹。老朋友建议李振盛去挑选一些照片做新闻摄影教学用。

第二天清晨5点，李振盛和老伴打的去潘家园，此时的出租车司机对潘家园具体地点还不知晓，好不容易才找到了这个当时全国最大的旧货市场。他先是在一个父子经营的摊床上看到上千张杂乱堆在一起的照片，从照片背面所注明的作者与单位来看，来自全国各省市及海外不少国家和地区。

在另一个摊床上，李振盛看到一组10张的“刘少奇同志追悼会”新闻照片，完好如初，影调效果极佳。摊主还从照片堆里拽出一张《欢送志愿军归国》，一张是鲁迅手迹“横眉冷对千夫指，俯首甘为儒子牛”的照片，要价5块钱。

相邻摊位上一位摊主小声告诉李振盛，“还有更便宜的地方，那里论斤卖，4块钱1公斤。”上午10点钟，李振盛找到了那个“论斤卖照片”的地方。在一个比足球场还大的露天院子里，一位操着河北乐亭口音的中年妇女指给他看垃圾山旁边的七个大编织袋和两个大纸箱，说这些照片是一个在东单一带收破烂的小贩从红星胡同一个协会收来的。

最后，望着这堆挑到天黑都挑不完的照片，李振盛决定将这些照片包圆儿，而不是放在露天垃圾站里全部泡汤作废。“我要尽个人所能竭力挽救这些艺术品！”于是过磅称重，500多公斤的照片，共有七大袋一纸箱，雇三辆面的也拉不完，李振盛只好雇了一辆农用拖拉机将这些照片拖回家。

京城古玩旧物的流通新模式

再往后，随着市场经济体系的不断发展，特别是新《文物法》的颁布，市场不断扩大，条件越来越好，进场的人数与资金也逐年递增。截至2005年，潘家园旧货市场的占地面积达48500平方米，摊点3000多个，来自全国24个省市、几十个民族的古玩商贩有数万人之多。

潘家园让中国古代艺术品有了集散地。“无论是从商业模式，还是文化市场上来说，都有革命性的意义。”吴树总结说。经济杠杆使得传统文化得到一定程度的普及，“起码这里的买家和卖家，都上了传统文化课。全国各地来的农民，当了一段时间卖家后，三皇五帝、唐宗宋祖都能说出个子丑寅卯来”。

据吴树调查说，潘家园旧货市场经营的商品主要有五大类：字画、陶瓷、青铜器、金银珠宝器、竹木牙骨器等，每天上摊儿的这五大类商品不少于十几万件。这些字画基本上都出自社会流传的真品和一些职业画匠临摹的赝品。

其他物品的来路有四条：一是由文物贩子走街串乡，到老百姓家里收购一些祖传或偶得之物；二是在一些古代有名的老窑址、老作坊都有专门仿古做旧的新工地，它们生产的仿古器物通过各种渠道，通常可以在几天内迅速流入国内外文物市场；三是家传或市场上倒腾的旧对象；四是盗墓所得。

潘家园的主人和客人

这些真真假假的古玩商品，流通渠道主要是由两类人的经营活动构成。第一类人相当于批发商，道上人称“大爷”，这些人是中国古玩市场的源头和始作俑者。他们之中的大多数人不会在市场上公开露面，基本上是一些见不得阳光的盗墓贼或文物制假者。

第二类人绰号“二爷”，他们是古玩市场的直接销售者，绝大多数人来自外省村镇。市场上的商品也因此有了“地域属性”——河南人主要经营青铜器、玉器以及北方瓷器；安徽、江西人主要经营

纪事·1997

1月2日　王府井东方广场施工工地发现距今约两万多年前的旧石器时代晚期古人类活动遗址。

1月15日　北京地区铁路在全国率先实现客运售票全部计算机管理。

3～6月　中共北京市委统战部和市宗教局对北京市乱建庙宇和露天佛像的问题进行专项治理，恢复潭柘寺和戒台寺为宗教活动场所。

4月4日　在全市范围内有计划地开展依法清理整顿出租房屋、清理“三无”（身份证、暂住证、务工证）人员专项斗争。

5月24日　北京市第一批8个爱国主义教育纪念地暨国耻纪念地标志碑同时揭幕。

6月1日　市区的加油站改售无铅汽油。

6月25日　北京市第一条公共交通专用道在长安街开通。

6月30日　10万群众在天安门广场举行“迎接香港回归祖国联欢晚会”。

7月1日　北京市第一次外来人口普查，全市外来人口2299416人。

12月5日　北京市党群、人大、政协机关人事管理制度全面转轨，完成了人员过渡培训，开始参照实行国家公务员制度的各项法规。“机关干部”称谓改为“机关工作者”。

元明清三代的青花和釉里红；福建人除了卖当地土窑仿烧的景德镇各代青花瓷之外，多经营建窑黑瓷与土龙泉瓷器。类似的搭配今天仍然可以见到：新疆人和新疆玉、俄罗斯玉，东北人和老玉，西藏人和唐卡、银器，甘肃人和彩陶，陕西人和唐三彩，内蒙古人和红山玉……山西人兜售的货品则包罗万象。

随着一个又一个拍卖神话的诞生和中国旅游业的日渐繁荣，再加上新闻媒体不遗余力的炒作，潘家园在极短的时间内超出了始作俑者最初的创意极限，迅速发展成为一个多体系、理念化的文化标志。越来越多的国际旅行社把“逛潘家园”与“登长城、吃烤鸭、游故宫”并列为北京旅游的重要项目。吴树做过不完全估计，潘家园旧货市场自开业以来，全世界有近百个国家、10000余人次的各国政要和使节先后慕名来到这里。

现在的潘家园，不定期地举行传统工艺品作坊式展销，这些在一直关注潘家园的吴树看来，都是良性发展的标志。

60年60人·1997

父女齐上阵
报道香港回归

李笑冰 香港《文汇报》政治新闻前首席记者

香港回归之前，我作为香港《文汇报》记者跟踪采访了中英两国的十多轮谈判，随后又采访了中国政府和香港地方政府谈判的全过程。因此，我得以采访香港回归祖国的新闻事件，也是顺理成章的事情了。

我爸爸李振盛也向香港政府新闻处提出了采访(以美国华文媒体名义)申请，他当时已离开新闻岗位多年。当时全球只有8000名记者获准进入香港采访，我们全家人一连几天拿老爸这件事开涮，都说他是异想天开。

没想到6月初，老爸的申请通过了，但要求他必须在25日前抵达香港。当时可谓困难重重，他绞尽脑汁决定经第三国的美国夏威夷飞香港，自费购买了由北京经东京飞往夏威夷再飞香港的机票，在港可停留七天，采访回归后再飞返北京。这一绕就是万里行程，机票钱也比从北京直飞香港贵了8倍多。

6月30日清晨，香港报纸的通栏大标题是：“殖民统治最后一天”。后来听新闻界人士说，在彭定康离别港督府这一重要新闻事件中，我爸爸信手抓拍的一张照片，竟然成为在场的所有中国摄影师唯一拍到彭定康脸部表情的照片。

媒体“花絮新闻”说我们是采访香港回归8000名记者中的“父女兵”，一时成为趣事。这张我手持香港《文汇报》“香港回归祖国”号外的照片也是爸爸为我留下的难忘瞬间。那条在头版刊发的“中英隆重举行香港交接仪式”的消息正是由我撰写的。

▲李笑冰的父亲为她和她的香港回归报道拍照留念。

见证人·1997

王府井工地惊现史前遗迹

20世纪90年代初，中国科学院古脊椎动物与古人类研究所就与北京市文物研究所合作开始做“寻找北京猿人后代”的课题，希望在周口店之外寻找到同时期和山顶洞人的后代。到1998年时我们在北京地区发现了38处史前文化遗址，在市中心的就有两处，一处是王府井东方广场遗址，还有一处在西单的中银大厦遗址。都是在城市建设过程中发现的遗址。

▲王府井东方广场施工过程中，一处北京地区最古老的古文化遗址被发现。中国科学院古脊椎动物与古人类研究所研究员李超荣是东方广场遗址抢救性发掘项目的负责人之一。

北大研究生发现端倪

东方广场遗址的发现并不偶然。“寻找北京猿人后代”课题在海淀区进行调查中，北京大学环境考古专业的研究生岳生阳也参加了我们的调查。

1996年冬天，正是王府井东方广场前期施工时。岳生阳给我打电话，说他在王府井东方广场找井时有一些发现，问我要不要去看看。从地质学来说，王府井地区是平原地区，是历史时期的古河道，历史时期形成的井多，这是考古工作者都知道的。古代聚落、城市的兴盛都是依水而建的，虽然在此之前没有发掘契机，但是专业人士都推测这里肯定有历史文化遗迹。据说在建北京饭店时就发现过史前树根。

1996年12月28日，我跟他溜进了东方广场施工现场，他带给我他找到的一些标本看，当时也不能确定是什么时代的。当时现场被挖得七零八落，12米深的取土层面上，一条由挖掘机铲斗划出的黑色擦痕吸引了我的注意，这与岳生阳说的含有炭屑的地层相一致，我就顺着地层，拿着地质锤去挖，从早上一直挖到下午，顾不上吃饭。

终于，从地层里出现了一些碎骨和石制品，我当时立即拍照，留下从地层里出现的遗物证据。这时我已经笃定，这里的遗迹属于史前文化。

旧石器时代古人类遗址发现于国家首都在世界上尚属首次。在得到国家文物部门的批准后，我们中国科学院古脊椎动物与古人类研究所和北京市文物研究所、东城区文物管理所等多家单位组成的考古队进驻现场，开始了为期八个月的抢救性发掘。

考古队员冬练三九夏练三伏

虽然是抢救性发掘，一切却按照主动发掘的科学方法去设计。我是课题负责人，一方面需要系统了解地层情况，做发掘准备工作。在发掘过程中不放弃任何细节，比如骨制品和石制品上粘附的赤铁矿粉、植物种子、动物化石和骨器上的人类痕迹拼合，我们都会全面采集、全面记录。因为哪怕是很容易就被清理掉的赤铁矿粉，也包含着可能的信息——它是按照当时的审美需要或者原始宗教信仰、狩猎前后的祈福和庆祝等活动需求人工涂抹上去的。

在王府井考古的八个月里，我们经历了北京最冷和最热的两个季节。在此之前，我根本没有冬季考古的经验。三九天住在滴水成冰的临时宿舍里，许多工作人员双手冻得通红，握不住考古锤。为了严格保护遗址现场，大冬天里大家谁也没有穿皮靴，脚上套的是又土又笨的棉布鞋。而冬天里考古现场必须用草垫子盖上，只能在中午气温相对最高的时候发掘。三伏天发掘坑里温度高达40多摄氏度。

专家筹建遗址博物馆

考古工作并不像小说里描述的那样惊心动魄，它需要超乎常人的细心和耐心。有一次，一颗编号好的、只有黄豆大小的蒙古草兔牙齿化石怎么也找不到了，我们就到处找，一边找一边说，兔子跑哪里去了，这就是“找兔子”事件，后来发现兔牙其实是被编号的标签纸盖住了。

在离故宫最近的地方，核心商业区寸土寸金之地，北京城的市中心发现王府井东方广场遗址，引得无数市民、中外记者前来。到后来我们不得不禁止他们进来，给工作人员发牌证，可是他们总是有办法溜进来。人们以不同方式表达他们对自己先民的关注和建议。让人想到一位美国诗人的诗：“在我们出生之前，这块土地就属于我们。”

1997年初，张立源等32位北京市政协委员提出提案，建议在东方广场遗址现场建立古人类博物馆。这一年的4月18日，中国科学院院士贾兰坡、侯仁之、刘东生三位教授来到东方广场遗址考察并给出指导意见。三位院士都建议在这里建立陈列室，这一天恰好也是我的生日，能在发掘现场聆听先生们的教导感到非常荣幸。这是对我们工作的鞭策和鼓励，使我终生难忘。后来李嘉诚和东城区政府兴建了王府井古人类文化遗址博物馆，并在遗址发现五周年之际开馆。

1998

经济适用房

affordable housing for the average

关键词：经济适用房
六海清淤

北京城的经济适用房有历史渊源，现存的地名“官房”可以作为例证。这些据说是当年慈禧用自己省下的脂粉钱给城市贫民建造的房屋，后来却成了一个讽刺。1998年，住房分配制度告终，北京人是否可以实现“居者有其屋”？

实现新北京人有房的梦想

1998年，国务院颁布了23号文《国务院关于进一步深化住房制度改革加快住房建设的通知》，提出从1998年下半年开始，停止住房实物分配，逐步实行住房分配货币化。其中提出深化城镇住房改革的目标之一是“建立和完善以经济适用住房为主的多层次城镇住房供应体系”。

【天通苑】入住之初周围是菜地和村子

在中国房地产发展和经济适用房的发展历史中，23号文被认为是重要的一环。当年25岁的楼必成不会知道这个文件对于他的意义，他只知道，单位不管分房，这个外省留京工作的年轻人迫切想为自己在北京找到一间自己的房子。

1998年前后，楼必成经常登录一个叫“赛龙”的网站，上面经常有新建房产的消息。有一天，他看到了关于“天通苑”的消息：

"1998年10月29日，以回龙观、天通苑等为代表的19个首批经济适用住房项目在北京市房地产交易中心集中展示，拉开了经济适用房在北京大规模开发的序幕。"

1999年的一天，楼必成去天通苑看了看，"只有一条狭窄的立汤路去那里。"但他还是在第二天就决定购买了，一是他太想要一套自己的房子了，二是价格他还能承受。尽管后来不断有人告诉他，"房价其实可以打折"，但楼必成还有一种心理预期——赌一把，"北京正在申办2008年奥运会，很多人都和我的心态一样，觉得申办成功了，房子肯定要升值。即使是没有申办成功，北京也会继续申办"。而最现实的一点是，北京的空地不多了。

建设部政治研究中心处长文林峰告诉记者："当时的大背景是，受亚洲金融危机影响，要扩大内需，这加快了住房商品化的改革，希望把房子卖出去，带动相关产业发展。经适房政策也经过了一个逐渐完善的过程，当时并没有特别严格的准入审核门槛，一般是由政府某个机关下属的综合开发公司代替政府行使了一些职能，当时就是为了把房子卖出去。"

"购买经适房的要求是北京户口，年收入在6万以内。楼必成

▼天通苑小区住宅区域每年都在不断地扩大，一幢幢高楼使初期的经济适用房小区发展成为北京最大的社区之一。有居民称，在天通苑找不着北，是正常的。

全部符合要求，”他买了75平米的房子，2650元/平，当时亚运村的房价约是5000元/平，首付需要百分之三十。不久后，楼必成就搬进了现在被称为天通苑老区的4区，“当时天通苑规划的时候，就是一期的70万平米。分为12个组团，我住的4区属于第6组团，周围都是菜地和村子”。夏天时，楼必成天天能听到青蛙叫。

后来，楼必成发现一区的房子面积都偏大，底层是商铺，“听说买的人都不是普通居民，据说还有人买了一个单元的楼”。从2000年开始，楼必成注意到，天通苑不仅是第一期规划的70万平米，“每年都在新建区域，一栋栋楼都竖起来了，在天通苑找不着北，是正常的”。随着时间的推移，他还发现自己下午6点下班和8点下班是差不多的，路越来越堵了。

【回龙观】那时没买以后就买不起了

和楼必成的情况有所不同，1999年，年轻的查迎在西直门德宝小区租了个一居的房子，当时房租很贵，2300元。查迎也去过天通苑，但觉得工作人员并不热情，后来他去了回龙观售楼处，工作人员很斯文，但一期的房子只剩下一层和六层。六楼太高，查迎心里挣扎了一下，问工作人员，如果买了一楼，能不能在院子前面开个门。工作人员认真地指着沙盘解释，“你家门前紧挨着一条线，这就是以后的轻轨，如果你要开门的话，轻轨就要改道了。”查迎连忙说，千万不要改道，我不开门了。如今，查迎说，当时就是觉得轻轨是个特高级的东西，能带来交通的便利。

然而查迎一直对经适房没有概念。“觉得回龙观的房子并不便宜，2600元/平，当时望京的房价是3000多元/平，通州的房价更便宜。但回龙观可以贷款，其他楼盘不能贷款。”查迎犹豫着又去了

▲上　晚上，回龙观小区附近的站台等车的人依然非常多。

▲下　从地铁5号线上看天通苑。地铁大大缓解了天通苑地区的交通。

一趟回龙观售楼处，"1999年冬天，我看到售楼处里好多人，大家很踊跃。墙上有一张图纸，等待销售的房子被小红旗标着，如果决定买了就把自己的拇指按在小红旗上。"当听到一个胖子敲定要买一楼时，查迎终于下定决心抢先将拇指按了上去，93.68平米，附带25平米小院的房子从此属于他。查迎清楚记得自己拿到钥匙的时间是2000年5月22日，搬进回龙观云趣园是在6月30日，刚好是他的出租屋到期的日子。"当时好像一片楼里只有我一家入住，路上能看到老鼠乱窜。等装修好就成了整片楼的样板房，大家要装修都来我家参观。"

直到2005年底，查迎才意识到经济适用房的价值，而这时对经适房的审核已经严格起来，并且房价一路飙升。查迎意识到，"那时候如果没买房，以后就买不起房了。"他越来越发现自己小院的妙处，特别是"非典"时，他能在小院里打发时光，种葫芦，养两只流浪猫。现在，用楼上的大房子跟他换，他也不干了。此后的回龙观经适房，一楼再也没有这么大的院子。

希望社区文化有"家"的概念

回龙观文化居住区，在回龙观志愿者协会秘书长王玉宇看来，"所谓文化，是居住在回龙观的人们赋予的"。王玉宇同时也是回龙观足球协会会长，他们的队伍简称"回超"，主持人黄健翔在某个场合提及中国足球时曾说，"'回超'来踢都比他们踢得好！"至于成立"回超"的背景，王玉宇说，"当时回龙观荒凉得很，住在这里的大多是在上地、中关村上班的年轻人，大家精力没处发泄，就踢足球吧！""回超"的故事被讲了多次，也被认为是中国业余足球发展的一种模式。最近，"回超"还上了美国《时代》周刊的网站，"太有面儿了"。另外，以网络为平台，回龙观社区网举行过各种公益活动，王玉宇称，希望在政府的支持下做更多建设性的工作。

与此同时，住在天通苑的陆岗也用自己的相机记录了无数个日日夜夜的天通苑，他拍的天通苑交通堵塞"触目惊心"的照片对增加地铁五号线天通苑一站起到了推动作用。在陆岗看来，"经适

纪事·1998

1月18日 百年老店北京东安市场重新开业。

2月28日 北京首次向社会发布空气质量周报，第一周空气污染指数为206，空气质量属4级。

3月3日 经国务院批准，北京市撤销顺义县设立顺义区。

3月15日 圆明园遗址公园福海清淤工程竣工。此次清淤按历史原貌修复驳岸6500米，清淤泥12万立方米，蓄水70万立方米。

4月18日 正进行地下施工的北京平安大街发现大运河重要遗址东不压桥。

4月20日 北京城市中心区水系综合治理工程开工仪式举行。治理的水系，北线：长河—六海—筒子河；南线：昆明湖—玉渊潭—南护城河—高碑店湖。

4月26日 北京图书大厦竣工，5月18日正式开业。

5月5日 澳门特别行政区筹备委员会在北京成立。

7月21日 北京市物价局举行第一次价格听证会，讨论自来水调价问题。

8月2～24日 北京市第十届运动会举行。

10月25日 北京白塔寺山门复建工程竣工。

12月1日 北京市首批上岗执法的城管监察大队执法人员，开始在城八区的大街小巷巡查。

12月16日 北京市政府的"首都之窗"网站正式开通。

房是一个失败的政策，先期和后期管理都没跟上，它就像一个早产儿。但这也不妨碍它经过大家的努力变得越来越好”。楼必成称：“对任何一个社区而言，其实关心社区建设的人群比例总是有限的，但天通苑有几十万人，基数大，大家如果呼吁一件事情容易引起关注。”这一点在回龙观也是如此，王玉宇和查迎他们最近正在呼吁大家救助一个回龙观的患病女孩，他们希望，“回龙观就是一个家的概念”。

60年60人·1998

红夏利全面代替“黄面的”

邵斌，北汽出租汽车有限公司司机师傅，从事出租司机工作25年

我是1985年开始干出租的，那时这份工作是很不错的，能进大型出租公司的都要有点门路，大多都是转业军人。我当时开的是尼桑，在街上感觉很气派。我的活儿主要是在单位等电话叫出租车，集中在宾馆、饭店、机场，不像现在在街上跑等人招手叫停，普通市民除非是家里有急事否则不会打车，满大街都是自行车，自行车把机动车道都给占了。那时还没什么私家车，我服务的很多都是倒爷、演艺明星。

90年代初，北京引进了几万辆面的，大多是“天津大发”，都涂成黄色，北京人叫它们“黄虫”，一眼看去，街上都是黄色，晃眼得很，成为北京街头一景。当时正是北京市全面发展出租车业的时候，在“让老百姓打得起，一招手就停三五辆车”的原则下，涌现了很多出租车公司，小型面包车成了主打车型。10块钱10公里，车里能坐七个人，还能放下自行车、电视机等大件物品，老百姓搬家都叫它，很受欢迎。名人也打面的，特别是个子高的体育运动员，一个人进去，可以躺下来，现在一些大出租汽车公司就是那时发展起来的。但面的没空调，冬天还好，人挤着暖和，可夏天就难受了，整车的汗馊，屁股底下太热，还容易起痱子。而且驾驶起来容易出问题，我觉得开面的需要技术，一打轮感觉似乎要翻车。

1998年，北京市政府发动了大规模“扫黄”运动，这也完成了北京市出租车的第一次更新，“黄虫”大多被拉到首钢回收了，据说现在博物馆里还有几辆。这次出租车行业整顿，重点是厘清车的产权，明确司机和公司间的劳务关系。整顿前，司机掏钱买车，这笔钱算是出租车公司向司机暂借的；整顿后，司机掏钱买车，但这笔钱却是司机按规定向出租车公司缴纳的风险抵押金、保证金或承包款等名目，车的产权归出租车公司。

代替“黄虫”的是红色夏利，那时“祖国山河一片红”。其实夏利很早就进入了北京出租车市场，只是没有普及。同时，北京市还对出租车价格进行了调整，夏利车每公里1.2元、富康车每公里1.6元两个价位。但夏利一开空调就跑得慢了，一般师傅都不愿意开空调。直到2005年，夏利退出北京出租汽车市场。

▲1998年，被称为黄虫的黄面的开始退出北京出租行业。

见证人·1998

刘立成，北京市水务局党校副校长，参与1998年开始的城市水系综合治理工程全过程。

他认为，1998年开始的大规模水系治理为经济发展也提供了很多契机。

“六海清淤静悄悄”

80年代后期水质问题严重

20世纪80年代中后期开始，北京市河湖污染严重，水质下降也很严重。例如从昆明湖到玉渊潭的水质在1960年是2级，由于30个排污口的常年排污以及沿途的私搭乱建，到了80年代已经达不到2级水入城的标准。玉渊潭到东便门的水质是4级，仅能够用于农业灌溉，通惠河再往下是5级水，寸草不生。而“六海”的水质是4级，筒子河是5级或5级以下。冬天，大小河道内最常见的是冰面上分布的砖块、塑料盒。

我们调查时，工业企业单位为水质下降叫苦，一次会议上，北京第一热电厂的代表说，我们对水的质量问题都快麻木了。来参观的德国同行惊叹，你们居然能用这么脏的水发电！

中南海半个世纪的一次清理

1998年1月，北京市人大代表提交了一份关于治理北京城河湖污染的议案，希望北京城市的河湖清起来、流起来、环起来、通起来。当时北京市水利局拿出了城市水系综合治理的方案。这项工程是北京市向建国50周年献礼的67项重点工程之一，市政投资了10个亿。当时还有个大背景，强调基础设施建设的力度要占整个GDP的1.5%～2%。各个部门联动，包括规划、环保、园林、文保等各单位参与，计划用两年时间完成包括北线（长河—六海—筒子河）南线（昆明湖—玉渊潭—南护城河—高碑店湖）的城市中心水系的治理。

这在北京的水系治理历史上是个转折，以前水系治理都属于农业范围，主要是防洪灌溉，现在转移到城市水利的范畴，不仅要防洪排涝还要注重人居环境，做成景观带，提升北京形象。

4月正式开工，这次工程也是北京内城新中国成立后的大规模治理，例如中南海，当时被称为半个世纪的一次清理（上次治理是新中国成立时）。这次治理工程的特点是，“用环保手段解决环保问题”。以前的清淤基本上采取人挖清运或者挖泥船的方法，而这次在“六海”清淤中采取了国外先进的方法，例如清理中南海时用消防水枪将湖底淤泥粉碎成泥浆，经过泥浆泵加压打进集浆池，再通过12根输泥管线经过北海、前海、后海，运到西海一处较大的集浆池，一艘从荷兰进口的大马力的输泥船加压，输送到北展后湖，最后到达郊外的一个大沙坑填埋，沿途要经过6个接力泵站。这种方法的好处就是没污染、不占道、不遗洒，也几乎不扰民。当时就有报道说，“六海”清淤静悄悄。

水系带动旅游和房产发展

治理过程中文保单位也参与了进来，因为北京水系有很多景点典故。根据专家建议，市政府决定将什刹海到后门桥之间以及后门桥以东100多米的水面恢复，将后门桥整体亮出来。清淤后的河湖底层加固，采用了固化剂固化河底，但是实施中都有折中。为了既拓宽河道水面又提高岸墙抗水冲击力采用了复式断面，现在看来也有可以商榷的地方，近些年有的专家就提出水系治理应该更生态，要注重河道自身的生态循环。

1999年7月，长河和昆玉段首先通航。2000年，实现了南线工程颐和园到龙潭湖的通航。航道有26公里，但有22米的落差，因为沿途有水闸、涵洞和多处跌水，游船不能直航。当时解决的办法就是在沿线的船闸一侧，分别兴建了7种升船机，过船方式有搬运车式、高低轮式和桥式。当时的设备来自不同的国家，都是当时世界上最先进的。最有意思的是龙潭闸，它是一个迪士尼式的换船设施。原本是计划旅游开发的，但水资源不好，这是我们一直头疼的问题。南线河道两侧都是大立壁，景观带不够。现在昆明湖到玉渊潭的游船还有。

这次大规模水系治理还为经济发展提供了很多契机，例如房地产。我记得我们刚有规划图的时候，就有房地产公司的人来要图。还有公司申请在小区门口设立一个码头或希望开挖的河道从小区绕过，还打出了水景房概念，拉动了沿线的房地产发展。

1999

平安大街

The 2nd Chang'an street

关键词：平安大街
千禧金条

继长安街之后，贯穿北京城东西方向的第二条交通大动脉——平安大街拓宽改造工程已于1999年8月28日正式竣工通车。这次建设不仅拓宽了路面，联通和埋藏了各种市政管线，而且大街两侧的房屋全采用了传统样式。赞扬者以为它是“一条真正的北京街道”，也有人不以为然。

京城第二纬线
分割
“前朝后市”

▼平安大街沿线曾一度是皇城和北城商业区的分界线，在旧京“前朝后市”的城市格局中位置显赫。图为平安大街街景，在南新仓附近天桥上可以远眺西山。

1999年8月28日，历时一年零7个月，继长安街之后，第二条贯通北京东西方向的城市主干道，终于赶在建国50周年大庆前夕正式建成通车。平安大街全长约7公里，平均路面宽度40米，自西向东依次连通起平安里西大街、地安门西大街、地安门东大街、张自忠路和东四十条。在它还是一条30多米长的设计方案图纸时，就已经被称为“当代清明上河图”，而在开通之后，有人更是忍不住兴奋地期许：这也许将是“一条真正的北京的街！”

被搁置“京城纬线”呼之欲出

【交通压力 市政管网】

这是一项在争议中被搁置了40年的改造工程。早在20世纪50年代，新中国成立后北京第一次大规模城

▲左 平安大街的平安里路口，整条大街也因此命名。曾有歌手唱道：假牙“贴”在路边嘴咧着。从此，“假牙”成为了人们嘲讽平安大街上明清风格建筑的用语。

▲右 平安大街旁一座仿古小楼正在拆除。

市改造运动之中，在长安街建成之后不久，有人就提出了开通第二条东西城市干道的设想。阜成门至朝阳门、西直门到东直门都被纳入考虑范围，但这两条线路不仅施工难度大，而且对北京古都风貌的影响也更大，因此质疑之声颇多。

第三种方案，即后来的平安大街一线，也一直处在激烈的争议之中。“最根本的原因在于，经过长安街的开通以及沿街牌楼的彻底拆除，北京的交通已经有了很大的改善，而当时的车流量还远远不足以产生马上开通第二条东西主干道的迫切要求。”后来主持平安大街建设工程设计工作的北京市政工程研究院副院长穆祥纯说。

1997年，北京的机动车已经达到近165万辆，这给北京的城市交通带来了极大的压力，平安大街改造工程被再次提出。“平安大街改造的再次提出一开始主要就是为了解决城市交通问题。”穆祥纯说，“另外一个重要的问题是，平安大街两侧的城市管网当时还都是50年代铺设的，已经严重制约了北城的发展和居民生活。借助平安大街改造，更新市政管网，这些管网向两厢辐射，可以带动整个北城的发展，至少煤气、上下水道、电力等管网的铺设或更新将为很大一部分市民提供前所未有的便利。”

除交通和市政管网以外，改造后的平安大街的商业和旅游潜力也被寄予了厚望，总之是“既完善其交通功能，发掘其商业价值，同时还要突出其文化旅游特色”。

纪事·1999

1月6日　中国奥委会审议并通过了北京市举办2008年奥运会的申请。

1～3月　北京市规划设计院配合近郊各区在十八里店、四季青、大红门、北辛安地区及利用北京橡胶四厂厂房改造，规划安排了5处外来人口居住点。

3月22日　《北京市旧城历史文化保护区保护和控制范围规划》划定了25片历史文化保护区的保护范围。

5月8日　首都高校数万名学生到美国驻华大使馆举行示威游行，抗议我驻南斯拉夫大使馆遭受导弹袭击。

8月28日　北京平安大街、东四环路、菜市口大街、南闹市口大街4条道路剪彩通车。

9月1日　北京市开始向居民征收城市生活垃圾处理费。

9月15日　渣打银行北京分行正式开业。

12月10日　菜市口百货有限公司向社会公开发售金条。

12月31日　午夜“首都各界迎接新世纪和新千年庆祝活动”在中华世纪坛举行。

以青砖灰瓦仿造明清风格

【建筑9米高 路面30米宽】

担忧和质疑之声仍在。早在承担制定设计方案之初，北京市政工程设计研究院院长曲际水即陪同主管该项工程的副市长专程拜访了建筑专家吴良镛和历史地理学家侯仁之，听取他们对平安大街修建中如何保护文物和古迹的意见。后来又多次在九三学社中央等单位召开文物和古建专家座谈会。

穆祥纯说，平安大街一线地处北京旧城的中心地带，沿线有密集的历史文化遗迹。设计方因此结合了专家意见提出将“平安大街，文物平安”作为改建最重要的原则之一。因此，虽然根据北京总体规划中的远期规划红线，平安大街的路面，宽度为70～80米，但当时实施的方案却缩小为40米。“40米只是一个平均数，在具体方案中，根据不同路段的文化遗迹存留情况，这一宽度有很大的调整余地。为使沿线文物尽可能不拆或者少动，很多地方都采取了缩窄路宽或绕行的方式。”穆祥纯说。

为保护西黄城根至德胜门内大街路段北侧的老四合院，马路拓宽后仅为30米。东黄城根至宽街路段也采取了相似的办法，孙中山行馆、和敬公主府、段祺瑞执政府旧址等文物保护单位才得以保留下来。按照最初的规划方案，平安大街将穿过北海公园北部，为保留公园北侧大墙和公园内的静心斋，道路规划红线被重新划定。

“最为重要的还不只是文物古迹的保存问题，而是如何完整保护这条街道整体的历史文化风貌，为此我们第一次在市政工程中明确了以街景为主要内容的城市设计理念。”穆祥纯说，“定位就是要保持这条大街明清风格的古都风貌。为此我们确定了沿街的建筑严格控制在2层以下，高度不超过9米，两边不再建设大型商业设施。”

为实现这一目标，规划专家采取的主要办法是突出沿街主要历史遗迹和文化景观，同时根据这一线作为“前朝后市”分割线的历史渊源，沿街布置大量仿明清风格的民居和商业门脸，建筑色彩统一确定为老北京特有的灰色调，建筑立面一律是青砖灰瓦，并在局部用栏杆、挂落、垂花门等作为装饰，在这些建筑之间，则“见缝插针”地布设绿地或者点缀一些雕塑小品。

平安大街上的症结
【过街通道 车位】

▼“走理性的四环路还是激情的平安大道”一度是人们热议城建大事时候的关注点，也是在1999年，北京国际旅游节盛大的花车游行随即在这条新街上展开。十年之后，在汹涌的车流两侧，它似乎又恢复了平静、自我的日常气质。

对于平安大街后来日益显露出来的问题，穆祥纯更习惯于把它们称为可能已经很难弥补的“遗憾”。按照最初的设计，为解决交通问题，除去在北海公园后门处设置一座地下人行通道以外，沿线其他地方将修建9座天桥。但是，考虑到天桥建成后，行人在上面可以直接观看到两边四合院里的景象，影响居民生活的私密性，因而最后只在官园附近和南新仓修建了两座天桥，核心地段则不再建设。然而，这时，地下管线工程已经基本完工，事实上不再可能改修地下通道，只好以红绿灯取而代之。

同样按照规划，大街两侧的胡同中本来会密度适当地设置一批停车位，但因为拆迁不到位，以及该项工程主要由开发商承担拆迁费用，而他们作为补偿，加大了商业门面的密度，造成了许多设计中的停车位都最终未能落实。

这些问题在平安大街通车不久后就很快成为饱受诟病的焦点所在。城市规划专家袁家方表示，7公里长的大街上只有寥寥几处过街天桥和地下通道，交通堵塞问题并没有因为道路的拓宽而真正得到解决，甚至为行人过街留下了许多安全隐患。沿街店铺的生意依然显得清冷，无地停车成了困扰这些商铺的最大难题之一。

袁家方还认为，虽然在建设中考虑到了古都风貌保护的问题，但事实上，平安大街的改造对于旧城风貌也有很强的破坏作用，“这条街道原本就很幽静、典雅，改为‘大街’，让高密度的文物古迹暴露出来，怎能谈得上妥善的保护？”

清华大学建筑学院教授朱自煊曾是平安大街拓宽改造的积极支持者之一，但多年以后，谈到北京古都风貌的保护，他却作出了如下的反思：在北京旧城区的规划中，如果不注意其原有的城

市肌理和空间尺度，那么旧城区的传统面貌将面临着全面消失的危险；特别是皇城区和其他历史地段，道路宽度只有10多米，两边是传统低层灰墙灰顶的街景，配以国槐，极富北京传统特色，如果拓宽到三四十米，将会面目全非，甚至彻底破坏古城传统的格局和风貌，“而且事实和世界上绝大数旧城的经验已经告诉我们，这样不但不能缓解旧城的交通，反而可能会使它更加拥挤和堵塞”。

60年60人·1999

小旗手追忆50周年国庆

昝勇，男，26岁，家住和平里小区

1999年，我16岁，正逢建国50周年大庆。因为即将成为高一的学生，我错过了原来所在初中组织的暑期培训，失去了入选50周年庆典阅兵式方阵的机会，我上初二的妹妹就参加了阅兵方阵。好在学校争取到了彩旗队的名额，我这才有机会成为庆典活动的一分子。

训练很苦，也很枯燥，基本上就是：站立，休息；挥旗，休息；再站立，再休息……当然还要紧盯着指挥老师，牢记几个动作暗号。这样的机会没有谁会不珍惜，心里憋着股劲，大家练得都很认真。

记得发生过这样的事情：某个女生耐不住日晒，晕倒了过去。校医诊断，是因为身子比较虚弱，造成类似中暑的短暂休克。一般这样的情况，考虑到学生的身体，学校会停止她的训练，找其他同学代替。

第二天，她还是忍不住跑到了训练场上。只不过，这次的身份是志愿者，为一些中途需要休息的同学提供帮助。在她的带动下，后来甚至出现了一支专门的志愿者队伍。

庆典活动的第一次大型预演在“十一”前夕开始了。大概是深夜一点左右集合，排队步行到天安门广场。在这种特殊的场合，这个原本非常熟悉的地方竟然又显得异常陌生起来。在北京生活的十几年中，大家可能还是第一次如此仔细地端详这里，感受着这里的庄严气氛。

预演大概进行了两个小时左右，虽然天空一片漆黑，但我们的心却按捺不住激动，很长时间都不愿意离去。

几天以后，又进行了第二次，也是最后一次大型预演。这次是“荷枪实弹”的演习，包括了庆典活动的所有元素。当隆隆作响的战斗机，从我们的头顶划过的时候，每个人都很兴奋，都很自豪。

“十一”当天，一切都很顺利。我们站在队伍的最后面，几乎看不到前方阅兵式的任何情况，但总觉得恐怕没有人会比自己更真实地感受到了庆典的每一分、每一秒。

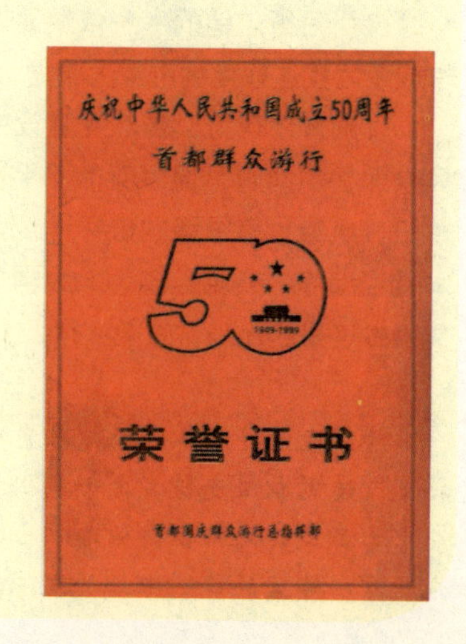

见证人·1999

新中国第一次卖金条

1999年12月10日，“菜百”拉开了建国50年来首次向社会公开限量发行金条的序幕。16600条金条有500克、200克、100克和50克四种规格，被命名为“千禧金条”。金条正面为汉代瓦当龙形图案，代表着2000年龙年，成色为99.99%。

菜市口百货股份有限公司副总经理关强讲述了这次发售的台前幕后的故事。

1999年，正逢建国50周年大庆，又即将迎来一个新千年的开端。对于“菜百”来说，通过什么方式才能造成轰动性的影响，这让我们很是费了一番脑筋：继续在黄金首饰上做文章，虽然也会吸引一批顾客，但想来想去总觉得还是会显得波澜不惊，很可能会浪费了这个大好机遇。

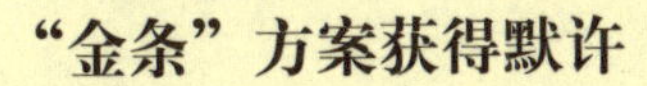

“金条”方案获得默许

当时任商场总经理的赵志良有一次去中国金币总公司洽谈业务，闲聊中提到了“菜百”想利用千禧年弄出点儿动静的想法。对方谈到，在国外许多地方，金条一直是投资和收藏的重要手段之一，而国内，从1949年新中国成立后，一直实行严格限制私人保有和交易金条的黄金经济政策，只有作为首饰和纪念币才可以进入流通市场。

但自从1993年后，相关政策开始有所松动，放开黄金市场已经是大势所趋，特别是经过1998年的亚洲“金融风暴”之后，扩大内需，进一步开放市场成为国家经济政策的主要导向。所以，也许可以策划一次金条发售活动，借此也可以试探一下政策。这种想法让双方都很兴奋，一拍即合。

我们去中国人民银行总行金银局提出了申请报告，人民银行总行并没有给出明确的答复。现在想来，我们的计划可能也正暗合了央行酝酿黄金政策调整的需要。千禧年金条上市之前，金银局局长唐双宁便签发了一份授权书，中国金币总公司总经理尹成友则签发了鉴定证书，随同每根金条一并发行。

事情定下来之后，“菜百”一次就打过去了800万元的定金，这在“菜百”的历史上是前所未有的，而且这笔巨大的资金对当时的“菜百”来说也是不小的压力。为避免可能的风险，起初还是按“一般商品”对外公布。

警察护送购买者回家

1999年12月10日，首批供应北京市场的“千禧金条”开始在“菜百”对外发售。虽然早有预料，京城百姓反应的强烈程度还是超出了我们的预料。

这天一大早，“菜百”的院内院外就已经排起了长队。回想起来，除去求购心切的顾客以外，大多数可能还是来看热闹的人。9点开门，一个小时后，已经卖出了25条，销售金额接近20万元。第二天，京城各大媒体都在重点位置刊发了这一消息，一家国外媒体的文章标题甚至写成了《新中国第一次卖金条》。当天，共卖出了50多条，特别因为大规格金条比较紧缺，有100多名顾客登记要求购买。

“五天卖出一千根”，一家一直关注这件事情的报纸这样说，而且预订的顾客仍然络绎不绝。没有办法，原本计划在全国11个中心城市发售的金条迅速变成了“首先保证首都市场”，结果很大一部分都被调运到北京，外地只有上海、广州、南京、成都等少数几个城市才在随后真正有所供应。据说，广州第一天开始销售金条时，由于围购的过多，为了消费者购买后的安全，当场就被警察护送回家。

在一个月的活动中，“菜百”的金条销售额就达到了6000多万元。这期间，其实我们也还在担心突然被勒令停止。后来听说，中央的确知道了这件事情，但反应却非常平静。

“菜百”金条层出不穷

紧接着2000年和2001年，因为两广大街改造拓宽，“菜百”迁址，所以我们没再销售金条，但千禧金销售的火爆场面一直让大家记忆犹新，也给后来继续金条销售埋下了伏笔。

2002年下半年，搬迁到现址（广安门内大街306号），逐渐稳定下来之后，“菜百”再次提出了销售金条的想法。这一次的题材呢？刚好第二年是农历羊年，是一位姓李的副总的本命年，他提出也许可以以生肖作为载体，这样可以保证金条业务每年都持续下去。

他的意见得到了采纳，当年我们就订做了一批羊生肖金条，并且在宣传中提出了“金羊贺岁”，这是在黄金市场第一次提出“贺岁经济”的概念。在这种理念之下，除金条以外，我们又开发出了金银钱、挂件、摆件等多种贺岁黄金产品。

适时提出的经营理念也给“菜百”带来了丰厚的回报。在短缺紧急基本结束的现在，有几年，北京还流传着这样一个说法，说京城只有两样是紧缺的，一是“菜百”的黄金，一是崇文门菜市场的肉馅。刚刚过去的鼠年，全国的黄金销量大约在3吨左右，仅“菜百”一家就占了其中的三分之一。

2000

沙尘暴

Sandstorms

关键词：沙尘暴
中华世纪坛

“一天进嘴四两土，白天不够晚上补”，北京历来饱受沙尘天气之苦。在2000年，沙尘暴侵袭达到12次之多，市民的热议、专家的呼吁以及申奥的隐忧，将防沙治沙提上日程。然而，沙尘暴的来源究竟在哪里？京郊退耕还林可以在何种程度上展开……

12场尘暴 吹响京城防沙号角

风从北魏吹来

北京最早的沙尘暴记录是在公元440年的北魏时期，当时上谷郡（包括现在北京延庆）“黑风起，坏屋庐，杀人”。在金代，北京地区“风霾”、“雨土”的记载尤多。元朝也多次出现沙尘暴天气，1367年的沙尘暴天气前后持续了44天。

北京地区在明朝总计有95个年份出现春夏之交的沙尘天气。万历四十六年三月——“黄尘蔽天，日色晦冥，咫尺莫辨……”清兵入关建都北京后，有关风灾的记载有23年，其中演绎成沙尘暴的大风主要集中在康熙朝。明清的沙尘暴来自多个方向，沙源较近。民国时期，北京地区风沙活动强烈，郊区已有不少沙丘。

历史上沙尘暴活动频繁的年代，经常是因为气候干旱少雨使得地表土壤干燥、疏松，要么就是统治者大兴土木导致植被严重破坏。明末清初的沙尘肆虐属于前者，农民起义往往发端于严重干旱引发的民不聊生。大兴土木可以元大都的兴建为例，从元《运筏图》中可以看出当年对西山森林造成的毁灭性破坏，沙尘暴在随后就便开始肆虐。

——据陈广庭《北京沙尘暴之前世今生》整理

沙尘暴忧患自此始

2000年4月6日12时许，整个北京城笼罩在风沙当中。强沙尘天气使一些地区的能见度不足100米，路上的车辆纷纷打开了车灯，雨刷也纷纷启动用于清除挡风玻璃上满布的沙尘；一些建筑工地停止了作业；首都国际机场的进出港航班被延误——这已是当年开春以来的第五次沙尘暴侵袭北京。

中科院寒区旱区环境与工程研究所的陈广庭教授说，2000年北京的沙尘天气，无论从次数还是从强度来说，都算得上我国自有气象记录以来最为严重的一年。

2000年发生的强度大、频率高的沙尘暴让普通的北京市民也真正感受到了焦虑，各级政府对土地沙化与沙尘暴的忧患意识和对防沙治沙工作的紧迫感，也始于2000年。而且，当时北京市也正在着手准备申办2008年奥运会。“从20世纪70年代‘风沙逼近北京城’的惶恐到2000年12次强沙尘暴袭击北京，‘沙尘暴来了’已然成为北京人春季生活的一部分。”

据北京林业大学水土保持学院赵廷宁教授回忆，2000年4月北京沙尘暴正发威的时候，他正在外出差，学校连续数次打电话催他回京，主要任务是为4月中旬由科技部牵头成立的防沙治沙专家组收集大量的资料、数据。此后，专家组的十余位专家分赴河北、内蒙古、山西、甘肃等地考查了沙尘暴的源头，编写了一份“防沙治沙技术方案”。

国务院对防沙治沙工作一直很关注，赵教授说，专家组的组长史培军教授、副组长孙保平教授在当年的5月17日就在国务院办公厅举办的科技知识讲座上向朱镕基总理作了相关报告。

5月中旬，朱镕基还先后到河北丰宁、沽源、怀来、内蒙古锡林郭勒盟等土地沙化严重的地方进行调研，并作出了“治沙止漠刻不容缓，绿色屏障势在必建”的指示。随后，国家林业局正式启动了京津风沙源治理工程，涉及北京、天津、河北、山西及内蒙古的75个县(旗)，成为继三北防护林体系建设工程之后的又一国家重大生态建设工程。

◀（前页）2000年4月，一场特大沙尘暴侵袭北京，上街的女士们佩戴的纱巾成了“沙巾”。2000年全年，北京总计经受了12次沙尘暴的侵袭。

纪事·2000

1月28日　中华振兴世纪鼎在圆明园遗址公园宫门广场落成。

2月1日　北京西单文化广场竣工并启用。

2月18日　北京市拍卖出让广渠门外9块原工业用地使用权，这标志着北京国有工业企业开始大规模分批有序迁出四环路以内地区。

2月24日　老山地区发现一座大型西汉陵墓。

4月[illegible]日　入春以来的第[illegible]次沙尘暴侵袭北京城。

8月14日　中国人民抗日战争纪念雕塑园落成。15日，北京市各界群众4000余人在此纪念中国人民抗日战争胜利55周年。

8月20日　“清华·剑桥赛艇对抗赛”在昆玉河举行，清华队率先到达终点。

10月24日　位于原东直门水厂蒸汽机房旧址的北京市自来水博物馆开馆。

11月1日　第五次全国人口普查结果显示，到当日零时，北京市常住人口1381.9万人。

11月11日　北四环路通车。

12月20日　后门桥和莲花池修复工程竣工。

12月29日　最后一批615户居民迁出圆明园。

12月31日　中、日、韩青年学生在京创造了新的吉尼斯世界纪录——350万张多米诺骨牌被依次推倒。

关于沙尘暴成因的争议

陈广庭教授说，现存为数不多的文献资料表明，20世纪60年代也属北京沙尘暴的高发期，特别在1965～1966年之间，强沙尘天气就有21次之多。“当时人们首要关心的是吃饭，是生存问题，沙尘天气对人们生活的影响也就远未像现在这么重视，因此也并未引起特别的反响。”

70年代沙尘天气逐渐减少，80年代后期到90年代初期数量很少，从1992年起沙尘天气又出现抬头趋势，但因为基本处于一个“循序渐进”过程，只有量变没有质变，人们也就没有感觉到太明显的异常。

关于2000年北京沙尘暴突然肆虐的原因，陈广庭教授认为可能有诸如太阳黑子活动周期来临、气流异常活跃等偶然性的因素，目前研究界尚存在诸多不解之处。不可否认的是，90年代前期北方地区土地荒漠化现象已十分突出，内蒙古草原的退化与沙漠化问题、河北农牧交错地带土地退化的问题都异常严峻，再加上1999年北方大旱，地表土层干燥、疏松、覆被率低的内伤延迟到2000年春季便显现出来。

北京的沙尘天气与地理、地貌特点也有一定关系。赵廷宁教授说：北京平原地区的海拔只有50米左右，八达岭一带在800米左右，而到河北张家口坝上地区就达到了1000米以上，这种“下坡”地形，再加上河谷地带的“狭管效应”，很容易让裹挟着沙尘的西北部冷气团沿着风口来到北京地区后便减速、停滞下来。

从2000年起，沙尘暴研究也成了学术界关注的一个焦点。争议最多的一个问题是，北京沙尘暴的源头在哪儿。据赵教授介绍，一种观点认为是“就地起沙”，以永定河、潮白河、大沙河流域和康庄、南口地区为代表的“三河两滩”是北京主要的风沙危害区；另一种观点认为成大气候的沙尘暴，还是源起国外蒙古等国的大沙漠，国内西北地区的沙漠与沙地，以及这一地区农牧交错区域退化、沙化土地的扬沙。

绿色屏障阻止沙尘抹黑北京

沙尘天气带来的负面影响很多。赵廷宁教授认为，它对城市空气质量的影响最为明显。此外，给汽车和建筑物的清洗工作也带来了很多麻烦，尤其是像国家大剧院这样的以玻璃幕墙为主的建筑物。沙尘天气来临，空气中的尘埃比例相应升高，对精密制造业的生产也有很大冲击，厂家不得不在提高空气净度上下大工夫。

赵廷宁教授说，除了这些有形的负面影响，还有无形的影响——比如说对北京形象的损害。空气质量本来就是一个城市环境质量的重要指标之一，北京作为国际化大都市，空气质量也体现着它在国际上的形象。

从2007年以后，沙尘暴发生的频率明显下降，而且北京的蓝天、一级天数量增多，空气质量有了明显改善。但一些外国人依然有北京沙尘暴多、空气质量差的不良印象。就在2008北京奥运会举办前夕，个别外国运动员戴着口罩出现在了首都机场。

赵廷宁教授表示，近几年来北京沙尘天气的减少，虽不能完全归结于防沙治沙工程建设的“立竿见影”，但必须肯定北京及其周边地区近年来在植被保护与建设上取得的突出成绩，以及地表覆盖增加对减缓沙尘天气影响的贡献。2000年，国家林业局启动了京津风沙源治理工程，2002年北京为解决就地起沙启动了“三河两滩”五大风沙危害区“播草盖沙”等生态建设工程，今天如果从北京上

▲上 内蒙古的部分草原也存在着沙化现象。

▲中 在紧邻北京的河北怀来县“天漠”附近，当地农民采用“网格”法固沙。

▲下 浑善达克沙地是我国的四大沙地之一，也是距北京最近的沙源区，沙地南端与北京直线距离不到200公里。

空俯瞰，环绕北京的一个宽广的绿色屏障已经形成。

陈广庭教授也指出，由于受高度和沙漠地带影响，森林屏障只能对沙尘起到减缓作用。北京另一个重大的环境问题是地下水位的不断下降，“地下水位下降看似与沙尘天气关联不大，实际上因干旱日益严重势必对土地沙化和起沙产生推波助澜的作用。北京防沙治沙、降低空气污染的工程依然任重道远。”

60年60人·2000

中华世纪坛耸立在世纪之交

朱相远，73岁，中华世纪坛总创意设计人、序文作者

为了依次展示世界各地在迎接“2000年1月1日零点”的庆典活动，当时全球有60多家电视台和网络联合起来，对各个时区的庆典活动进行了转播。其中在第5区电视直播的是中国和菲律宾，这个时段在全球的收视率上是最有利的时段，据估计约有25亿观众观看了中国在中华世纪坛举行的盛典。能在全球有十几分钟的亮相机会，这对展示中华文化的魅力来说是非常难得的，因此国家领导人也十分重视。

距离“新千年”到来的前十几分钟，江泽民主席等党和国家领导人登上世纪坛，我当时有幸向中央领导汇报了世纪坛的设计创意。

说起中华世纪坛的创意，早在1994年我就萌生了这个想法，当时因为北京申办2000年奥运会失败，人们的情绪普遍有些失落，我最初的想法是建议北京市借1999年9月9日这个“9”字连线的时刻搞个百日迎新活动，在北京建个世纪墙。有人说“世纪墙”还不如叫“世纪廊”，但考虑到“廊”与“狼”谐音不好听，后来我觉得叫“世纪坛”不错，可以在借用古都“坛”的名字时赋予弘扬中华文明的新涵义。中华世纪坛的名称确定下来后，由我承担它的创意设计，整个建筑以弘扬中华文明史为主线。主体建筑许多地方都是有象征意义的，比如“乾”与“坤”的结合象征的是运动与包容的结合，圣火广场两侧的流水象征黄河、长江，56个水源喷嘴象征56个民族，青铜甬道象征源远流长的中华文明，等等。值得一提的是展览大厅的穹顶，这里由几千颗星星组成的星空并不是随意为之的，而是天文学家经过精密计算，测绘出的2000年1月1日零时北京夜空的真实面目。

我还有幸写了“中华世纪坛序”，共283字，镌刻在坛名铭文碑的背后。写序文的时候，除了要体现词句对仗外，我考虑得比较多的是如何能经得起历史考验和众多华人的认同，最后就选择了这样一个中性的写法。

▲朱相远在为中央领导汇报中华世纪坛的设计创意。

见证人·2000

昆玉河上的“意外”胜利

2000年8月20日，一场赛艇对抗赛在北京昆玉河举行，对阵的双方是清华大学代表队和剑桥大学代表队。在河岸边观阵的群众的叫好声中，清华大学赛艇队以6分45秒50的成绩率先到达终点。李荣华（女，图中持奖杯者）是当时队内的教练，至今谈起那次“龟兔赛跑”式的胜利，仍然难捺兴奋之情。

赛艇因为对学生的团结协作精神的强调，被认为是一种重要的校际交流方式。英国的剑桥、牛津，美国的哈佛、耶鲁这些世界一流大学之间此前曾举办过一百多届赛艇对抗赛。我国的赛艇比赛的起步就比较晚。

战胜“北大”自信满满 获悉剑桥来访心情沉重

清华大学赛艇队最早成立于1958年，但后来因一些原因就中断了，直到1999年6月才再次恢复成立，最初基本还算是一个兴趣小组形式。北京大学赛艇队当年也成立了，清华、北大当时作为国内的两大名校，也想学习以赛艇促校际交流的方式。而且当时北大、清华还有创建世界一流大学的目标，这就必须全面发展，多向世界其他著名高校学习并开展交流。

于是，就有了1999年7月28日北大、清华“百年赛艇对抗赛”在昆玉河上的第一届比赛，结果北大获胜。2000年，赵卫星老师和我担任清华赛艇队教练，5月27日第二届北大—清华赛艇对抗赛如约在昆玉河举行，这次清华大学赛艇队以较明显优势获胜，队员们很受鼓舞。

后来在7月的一天，清华大学团委副书记召集我们两个教练开会，传达了有关大体协（大学生体育协会）要组织一次剑桥与清华赛艇对抗赛的事，作为教练，我们当时心情很沉重，剑桥队的实力太强了，尽管一年来清华队的进步明显，但与剑桥队相比水平仍相差很远。学校领导也比较“实事求是”，把比赛的目标定在“别输太多”上。

清华队埋头集训 剑桥队逛遍北京

接下来就是一个多月的集训，为了能住得离昆玉河近一些，同时方便队员在大热天训练后冲澡，我们当时向学校提出了给队员临时租宾馆的申请，但因学校经费紧张，这个请求也只能落空。天气实在太热，为了不影响训练质量，我们只好趁着早晨、晚上两个稍凉快的时段加紧苦练。

我们与剑桥队的比赛定在8月20日，剑桥队于8月15日抵达北京，接下来的几天他们把天安门、故宫、长城等景点差不多逛了个遍。比赛前一天他们下水训练，当时我和队员们都去看了，觉得人家的动作规范，要领十分到位，我们的态度仍然只是别被人家落得太远。

8月20日上午，天气非常闷热，但昆玉河两边的河岸上挤满了观众，中央电视台还专门派去了一个进行现场直播的解说员。因为已经有心理准备，我们的队员反倒很平静。

清华获胜引发“赛艇较劲”热潮

等比赛正式开始后，本来以启动快见长的剑桥队并没有表现出这方面的优势，清华队不久就超出了半条艇位，大概1000米赛程的时候拉开了两条艇位的距离，并基本保持到终点。

我们万没想到清华队会赢，校领导当时也感到意外，当场跑过来与大家拥抱庆贺，开玩笑地说“本来说好别让人家落太远，怎么反倒把人家给落远了？”清华队能够赢剑桥队，对于学校来说毕竟是个振奋人心的消息，校长王大中后来还亲自为赛艇队设宴祝贺。

剑桥队的队员并没因他们的“专业”队员输给我们的“业余”队员而觉得尴尬，他们在颁奖现场主动过来和我们一一拥抱，两个队的队员们还在一起开香槟狂欢。我们从剑桥队员身上真正看到赛艇比赛“交流第一，比赛第二”的内涵。

后来我分析剑桥队输的原因，可能因为他们接连几天玩得太多，身体正好又处于一个疲惫状态，更重要的是对北京的闷热天气很不适应，在划桨过程中很容易出现缺氧引发的不适。

经过这次赛艇对抗赛，国内高校与世界名校之间以赛艇促进校际交流的活动越来越多，后来的赛艇挑战赛扩大到哈佛、耶鲁、剑桥、伦敦、清华、北大、上海交大、华南师大8所知名院校，每年在不同地方举办一次。

2001

北京市老年活动中心

The Activity Center for the aged

关键词：老年人活动中心

“在中国，是甲代抚育乙代，乙代赡养甲代”，这是一种“下一代对上一代都要反馈的模式”。然而，迥异的价值观和生活方式导致了代沟的加剧，空巢老人的数量随之激增，“北京市老年活动中心”应运而生。它是对伦理关系的制度化尝试，是一个城市试图延续代际互报关系的场所。

最早提升城市老人幸福感的空间

■相关数据

衡量满意度与幸福感

▲面积达11061平方米的老年活动中心位于望京新城。

北京市1999年进行的老年人生活现状及需求抽样调查表明，45%的老人最主要的娱乐活动就是听收音机、看电视，22%的老人从事健身运动，而参加其他娱乐活动的老人不足10%，另还有12.4%的老人没有参加任何娱乐活动。

按照《中国人口年龄结构变化及老年人问题研究》一书作者、中国人民大学教授姚远的分析，生活满意度和幸福感是衡量老年人生活质量的核心指标之一。而在中国，社区建设、文化体育设施等外部条件与老年人的精神生活满意度和幸福感关系密切。

市老龄办的有关负责人称，这十多年来，北京市制定出台了30多项与保障老年人权益有关的规章制度。在全市实施“星光计划”，在2244个社区建设了老年福利服务“三室一场一校”设施。它们都是浓缩版的北京市老年活动中心的社区服务中心。

活动中心上午最热闹

送完小孙子上学、安置好腿脚不便的老伴后，早晨7点多，年过七旬的孟昭珂坐上公车，从望京西园四区，到望京科技园利泽中园下车，到达北京市老年活动中心。退休后，他每天上午都来锻炼。“我闲不下来。”从事工艺美术工作的孟昭珂说。

活动中心早晨9点开始对外开放。这座外形不起眼的白瓷砖“老年人建筑”有七层主楼和三层裙楼，是老人眼中信得过的、环境好又便宜的国营单位。

孟昭珂穿过大厅，乘上慢悠悠的电梯，来到二层的舞蹈厅。中心成立至今，除了周末中心休息，他几乎每天都来，这里的结构也熟稔于心：一楼有乒乓球厅，卡拉OK厅和游泳馆，二楼是正在播放革命电影的影视厅，还有合唱厅、舞蹈厅、台球厅、健身房、棋牌室兼阅览室和保龄球馆。三楼有羽毛球馆、按摩室等。设计者曾设计了中心平面布局“上静下动、动静分开”的原则，以符合“老年人建筑”的需要，甚至在卫生间也装了扶手。

上午是老年活动中心最热闹的时候。孟昭珂走进舞蹈厅，和相熟的老人打招呼，孟昭珂说，跳交谊舞的目的就是为了放松，这么多年来，舞厅的支付方式从现金到刷卡，跳一回舞都是2块钱。“在一起相处就是一个小社会，时间久了有了感情，谁谁谁不来还惦记着。还有成就了黄昏恋的老人。”

“岁数大的人跳舞，一般都没固定舞伴，这里女士多，男士比较吃香。”家住酒仙桥的马进超与孟昭珂是舞林同好。老伴去世后，孩子要上班，孙子要上学，电视看得聒噪了，每天都来这里，甚至在这儿吃饭，他对中心斜对面的望京科技园的盒饭赞不绝口。老人的爱好简单，“打乒乓我打得不好，保龄球玩过一回胳膊疼

▼北京市老年活动中心，老人们在打台球。除了舞厅外，台球是老人们参与较多的活动之一。这是第一个面向全市普通老年人的活动中心。

了半天，打台球我也不行，我个子高，哈下腰来腰疼，游泳我怕耳朵发炎……我就爱跳舞”。

上午跳舞的老人会达到六七十人，有时连走道上都挤满了人。酒仙桥、亚运村、花家地、西坝河等周边社区，甚至广安门都有老人来。一对谷姓的夫妇住花家地小区，因为社区服务中心入不敷出，将场地租给了棋牌室，“我们就坐车来这里了”。

这里显然不是本杰明·巴顿被遗弃的养老院式的老年活动中心，这里也没有被闪电击中七次的老人，不过，他们中有工艺美术家，有从电子工业部退休的干部刘阿姨，有戴着贝雷帽有老克勒范儿的、边打着拍子边哼着乐曲的时髦老先生……他们从孤独中的互不相识，到在轻柔歌舞中成为好朋友。

市政府“60件实事之一”

“兴建这所老年活动中心，是北京市政府2000年为人民办的‘60件实事之一’。北京市老年活动中心的有关负责人王明华说，“北京市老年活动中心在2002年2月22日建成使用，主楼2001年落成，那时我刚来工作，周围能看到‘望京新城’四个大字，选址在此，也因为这里政府采购地皮的成本相对较低。”。

2000年的第五次全国人口普查数据显示，我国60岁及以上老年人口已达1.26亿，占全国总人口的10%，并以年均3%的速度持续增长。数据标志着我国人口老龄化进程明显加快，并同时进入人口高龄化和长寿时代。

而事实上，在1990年第四次人口普查时，按照部分指标衡量，北京市人口年龄结构已经进入老年型。1996年，《中华人民共和国老年人权益保障法》和《北京市老年人权益保障条例》颁布实施。

▲上 2001年，何鲁丽为北京老年活动中心揭幕。（资料图片）

▲下 观众安静地欣赏一位老人的“卡拉OK”表演。

这一年，市政府开始操作兴建老年活动中心一事。

根据北京市老龄工作委员会办公室提供的数据，到2000年11月1日，北京市60岁及以上的老年人口共170.2万人，占总人口的12.54%；65岁及以上的人口为114.3万人，占总人口的8.42%。据此，北京市已完全进入老年型社会。

在北京市老年活动中心建成前，北京市各个机关单位也有自己的老干部活动中心，"可是面太窄，不能满足普通老年人需求。这是全市第一个面向普通老年人的活动中心，男士只要满60岁或60岁以上，女士55岁或55岁以上，都能在这里享受优惠。21世纪初，市政府大力投入建设为老年人服务的活动设施，当时北京市计划在各区县都建立老年活动中心，希望隶属于北京市民政局的这个老年活动中心将起到示范窗口作用。"王明华说。这个示范窗口开始建设时，投入资金几千万，后来追加到1个亿，很多设施、条件都在施工中改善了，比如开始设计的地面是水泥板，而不是现在的瓷砖地。

直到今天，周边社区的老人都习惯称去市区为"进城"，这座建筑面积达11061平方米的大型活动中心，落户在望京新城。望京新城是当时北京市正在建设中的"亚洲最大居住区"。在老年人居住的社区周边提供照料服务，是目前国际上提倡的照料老人的方式。但有关负责人也表示："中心提供的服务有地域性，毕竟很少有老人会花3个小时坐车来这里活动1小时，它更多地丰富了望京地区的老人的精神文化生活。我们也搞过一些面向全市老年人的活动，比如歌唱大赛、舞蹈、民乐，甚至成立了模特队，金婚庆典等。"

六七十岁的女儿，陪着八九十岁的老妈妈来到中心，然后老妈妈走进舞池起舞，而女儿去打乒乓球。这样的画面描述起来，让生命显得充满了简单的希望。可另一方面，"这是个让人挺伤感的工作。老人们终究会离开"。中心活动部副部长杜秀伟从中心对外开放时就在这里工作，记忆里除了帮助老人打捞掉进厕所里的手机、每天下午去餐厅买2块钱一袋馒头的老人、归还老人不慎丢失的项链等片断外，她还记得，曾有一位姓凌的老先生患了直肠癌，他每天来这里活动，大家都尽力让他开心走完生命最后一程。"他去世时，我们都去见了他最后一面。"

此外，在优先满足老年人活动的前提下，活动中心也面向社会

纪事·2001

4月　石景山摩崖谷中的3尊明代摩崖佛像被发现，文物专家称其为"百年来北京地区佛教石刻的重大发现"。

5月2日　首图一期新馆于2001年在华威桥东南角开馆。

6月8日　全国"社区老年福利服务星光计划"在北京启动。

6月25日　东交民巷使馆建筑群被列为全国重点文物保护单位。

7月13日　国际奥委会宣布将第29届奥运会举办权授予北京。

8月　北京市政府出台了《北京市城镇廉租住房管理试行办法》。

8月　中国侨联与北京市侨联、中国科学院等单位邀请海外学者回国参加"海外侨界高新技术人才为国服务志愿团"，活动至今已举办8届。

9月　"东皇城根"遗址公园在明清北京城的第二重城垣上正式建成开放，全长2.8公里，是北京城区内开辟的第一个带状公园。

12月13日　国家大剧院工程开工，于2007年9月建成。

2001年　天桥小区改造，该条街作为本市为数不多的特色斜街被保留下来，规划为市政支干路。

开放。有关负责人解释，作为差额拨款单位，北京市老年活动中心希望用一部分靠经营获得的收入来维持运转。

《60年60人·2001》

三大男高音为北京申奥而来

讲述人：王蕾，中央歌剧院女中音歌唱家，国家一级演员。曾在歌剧《卡门》、《弄臣》、《茶花女》等歌剧中担任主要角色，并在威尔第的清唱剧《安魂曲》和贝多芬的《第九合唱交响曲》中担任女中音领唱。

2001年，三大男高音要来中国办演唱会，他们的王牌经纪人泰伯·鲁道斯来北京找伴奏乐团，就找到了我们中央歌剧院。他们的团队先行到我们剧院听合唱、听乐队演奏，戴玉强等人唱了好多三高要唱的歌曲，制作团队认为我们的乐队和合唱非常默契。

三高来排练的时间非常短，在来北京演出前他们还去了一趟韩国，这在商业社会也是难免的，合同上没有写不允许他们同期去中国周边国家演出。排练时几乎都是我们演员做替唱。到午门彩排也是演员替他们走台，合光、合景等都由替身完成。虽然夏天热，但是我们都觉得替大师做替身很荣幸。

圈内水平不亚于三高的顶尖音乐家有的是，但他们没有“三高”名声显赫，他们已经成为古典音乐中的通俗歌星，是商业运作成功的典范，不是艺术运作成功的典范。他们会适逢世界上的重大庆典时出现，2001年，他们为北京申奥而来。顶尖的艺术品牌和顶尖的体育赛事联手，在世界顶尖的宫殿里举行演唱会——这就是宣传亮点。它其实不是纯粹的演唱会，而[illegible]的情绪造势运动，因此，2000美元的天价门票也就不足为奇了。

因为在排练时我们就已经参与其中了，等到午门演出真正到来时，我们就像普通工作人员一样，没有新奇感。演唱会的前排像华表奖、戛纳奖的颁奖典礼现场，男士们穿着Giorgio Armani，女士们华服斗艳，可其中能听懂的人寥寥无几吧。现场的观众中有热爱但不专业的人，也有歌剧行内的人抱怨演唱有瑕疵，三高的状态有些疲惫。散场后主办方还安排了不伦不类的京剧表演等……

但身临其境，参与到历史性盛会中来本身的幸福感足以压倒其他不足。我至今还记得夏日的微风吹过，午门的红墙黄顶，三高开口一起唱时带来的震撼，感觉中国人在文化艺术层面上已经“你和我，同住地球村”了。

▲2001年，三大男高音音乐会新闻发布会现场。帕瓦罗蒂、多明戈和卡雷拉斯在紫禁城联袂演出，掀起北京申奥高潮。图/新华社

开始专业猛禽救助

葛芮，国际爱护动物基金会亚洲代表，北京猛禽救助中心创始人。

2001年的12月14日，北京猛禽救助中心举行了剪彩仪式，当时的英国驻华大使也是鸟类学家，在开幕式上为中心救助的第一只鸟戴上了环志。

▲葛芮放飞一只在北京猛禽救助中心工作人员精心治疗下完全康复的苍鹰。

是“放生”还是“放死”

20世纪90年代末，海关截获、没收大量猛禽的报道常常见诸报端。走私者想将这些非法狩猎获得的猛禽运到中东供富人赏玩、捕猎。有一次，我看到报道，400多只在野外被捕获的猎隼过海关时被没收，发现这些猎隼时，它们被塞在妇女用的长筒袜中，藏在一个大箱子里。海关表示会将这些猎隼放掉，他们同时也承认没有专门的技术保证这些猎隼能被养活、康复。

后来，我去参观当时北京大兴区的一个动物救助中心，看到有三十六七只猛禽被关在一个巨大的笼子里，这个笼子有很宽的铁丝，很容易钩到猛禽的羽毛。笼子里唯一的栖木是一根类似拐杖的木头。猛禽体型大，落下时，体重对它的脚会造成一定压力和冲击力，如果仅提供固定的人工栖木，猛禽每次落脚点一样，会给它们脚上某一固定点造成压力和冲击力，时间长了，会磨出“脚垫”病，从而影响捕食能力。

2000年，我参加了一个在北京松山举行的猛禽放生活动。组织方将救助来的六只猫头鹰从动物园接到松山，还请了不少演艺界明星。猫头鹰被用很小的铁笼子运到放生地，一只笼子里装了两只猫头鹰！六只猫头鹰中有两只在运送过程中受惊而死，剩下的四只也奄奄一息。组织方执意让演艺明星拿着猫头鹰扔向天空“放飞”。当时是白天，作为夜行动物的猫头鹰，白天视线不清，加上被囚禁，哪里经得起扔？猫头鹰摔到了地上。我和组织方争论起来，可他们觉得只要摄影、摄像拍到了猫头鹰在天上飞的一瞬间就起到了教育作用。这不是放生，是“放死”。

“己所不欲，勿施于猛禽”

从此，我开始和北京市林业局野生动物保护站、北京师范大学协商在北京建立专门的动物救助中心。很快，确定专门救助一种物种——“猛禽”，以保证从笼舍建造到食物配备、技术上都能很专业。北京周围有山有水，是很多留鸟的栖息地，猛禽在这里受伤的几率较大。另外，猛禽是肉食性鸟类，处于食物链顶端，在控制啮齿类动物数量、维持生态平衡方面有不可替代的作用。

在中心成立前，我们曾组织了一批由北京市林业局、北京师范大学和救助动物志愿者组成的队伍去加利福利亚州立大学的Davis分校猛禽中心学习，此行颇受欢迎。

在北京师范大学的支持下，猛禽救助中心设在校内生物园里。建设救助中心时，每一寸猛禽接触到的土地、墙壁、救助器材都考虑到动物的需求。比如猛禽栖息的地方，地面、窗台上，我们都铺上了塑料软地毯，栖木用自然树枝。冬天为猛禽房里通暖气，夏天喷很细的水给笼舍降温。从接收动物、治疗到放飞，我们都遵循“动物福利原则”。治疗中，我们会每天给猛禽检查体重、脱水情况等，制定康复计划。放飞时，我们先为猛禽戴上头罩和眼罩，防止它受惊，从不把猛禽往天上扔，而是张开束缚住猛禽双脚的手，任它熟悉环境后展翅飞回天空。动物福利原则是“己所不欲，勿施于猛禽”。

好心喂养可能害了猛禽

我们曾做过统计，来这里接受救助的猛禽，22%是因为不法饲养。许多人是因为喜爱而养猛禽，却给它们带来伤害。比如很多人不知怎么喂养，一味给猛禽喂肉，使猛禽食物中缺乏必须的维生素和微量元素。或在猛禽的腿上拴绳子，造成猛禽爪子、腿坏死。

北京猛禽救助中心每年都会接纳很多好心人在市场上买下的或从鸟巢周围“救助”的猛禽。还有人在市场上买了猛禽就拿到野外“放飞”。在野生动物市场上购买非法猎捕动物的行为会刺激市场，纵容更多人去盗猎。在市场上买卖的猛禽绝大多数身体、心理上都受到很大伤害，未经救治随便“放生”会使它们在痛苦中慢慢死去。春季是鸟类繁殖季节，幼鸟跌出巢是平常现象，如果人们不去干扰，它们的父母自然会帮它们返回巢内。

北京猛禽救助中心成立后，给执法部门和动物保护单位提供了技术支持。目前，中心正在扩建，希望今后的救助环节更贴近国际标准。

2002

宛平城

Wanping, the mini-Beijing

关键词：宛平城
798

1637年，崇祯下令在城市西南修造了这座“小北京”以屯兵守卫京城。300年后，在侵华日军的炮火下，这座“桥头堡”只剩下了弹痕累累的断壁残垣。1961年，它被列入全国第一批文保单位名录。2002年，城墙得以接续、城楼得以重建。

“北京卫城”在战火后永生

地理溯源

“局制虽小，而崇墉百雉，俨若雄关”——拱北城是明王朝为防御李自成进京而修造的，其城垣建筑与北京类似，清改称拱极城，1928年后称宛平城。

宛平城西的卢沟桥是北京进出内蒙古高原、南下中原的唯一通道，宛平城因其特殊的桥头堡属性，也成为南来北往的商旅必经之地。

1937年7月，卢沟桥事变爆发，宛平城成为“七七事变”的历史见证。从1961年被列为第一批国家重点文物保护单位至今，宛平城已经历了三次大修。

宛平城是我国华北地区唯一保存完整的两开门卫城，它立在京城和外省之间，也立在历史的转捩点上。

▲修复后的城墙上保留着侵华日军炮击宛平城的弹痕。

2002年6月5日，在北京市西南郊的卢沟桥畔，历时近一年的宛平城修复一期工程全部完工。10座消失了多年的角楼、敌楼和中心敌楼重新屹立在这座古城的南北城头。“当年鏖战急，弹洞前村壁”，焕然一新之中，这座当年在“卢沟桥事变”中烙下累累伤痕的城池，也竭力保留下了那遍布墙体的弹痕和弹坑——炮火宛在，斑驳犹存。

80's
测量残留的城池尺寸

这是在新中国成立以后，对宛平城进行的第二次大规模修缮。20世纪80年代中期，时值卢沟桥事变和抗日战争全面爆发50周年，北京市文物局首次组织了对于宛平城和卢沟桥的修复工程。那一次，除去修复脱落的城墙里面，复建早已倾毁的东西城楼及其瓮城以外，一个最重要的收获便是在原宛平县衙旧址建成了一座中国人民抗日战争纪念馆。

1984年，刚刚参加工作，被分配到丰台区文物管理所不久，吕玉良即参加了对于宛平城的文物普查工作。那时，“宛平城的轮廓还在，周边城墙甚至几乎没有中断的部位”。但是，为解决宛平一带的交通问题，原来的东西城门、城楼及瓮城早已于20世纪50年代被拆除干净，“城门洞成了一个裸露在外面的豁子”。

20世纪60年代末以后，因为修筑防空洞等原因，城砖被大量拆下，露出了里面夯土层。“自然破坏也比较大，特别是长期的雨水冲刷，城砖脱落的现象也很严重。”城里已经密集地聚起了一座座红砖房，它们大多都是“文革”以后由当地居民自发修建。

“我们主要的工作是测量残存城池的尺寸，为修缮提供一些必要的数据。”吕玉良说。吕玉良们就拨开刺人的灌木丛，登上城墙，绕城一周，完成了初步的测量工作。

宛平城的考古

曾参与第一次宛平城复建设计工作的古建专家王永平记得，那次的主要任务是修复城墙及复建东西城楼和瓮城。但是，查阅所有的相关材料后，发现并无关于宛平城城楼形制的任何记载，唯一可以参照的只有卢沟桥文物管理所仅存的一张闸楼照片，而在“七七

▶宛平城西门瓮城，出了城就是卢沟桥。

事变”前后所拍摄战地实录影片中，也只有闸楼的镜头。

作为“七七事变”的发生地，国内外有许多人目睹过原宛平城城楼，因此，宛平城城楼的复建并不是毫无参照。此外，专家们考察了国内保存较完整的明代宁远卫城、山海关城和荆州古城的城楼。

他们经过分析研究确认，宛平、宁远这一类的卫城除去专门用作军事设施而营建之外，其城楼基本与县城的城楼为同一等级。形制大体为通面阔三间，首层带围廊，进深一间，城楼为二层，层间设腰檐，上覆布瓦单檐歇山顶。“这些考察，为宛平城城楼的复建奠定了最重要的基础。”

21th C

修复计划重启

2000年，为加强北京历史文化名城的保护工作，北京市政府决定以第二次申奥为契机，划拨3.3亿元专款用于近百项以上文物古迹的抢险修缮。“我们丰台区首推的便是宛平城！”此时已任

◀1928年，位于北京城内鼓楼附近的宛平县署迁回宛平。

丰台区文物管理所所长的吕玉良说，"当时也有一个想法，曾经准备迁出城内的居民，恢复旧城格局，将东西干道建成明清一条街，打造出一个文化旅游区（最后因拆迁成本太高而未能实现）。"

因此，主管此项工作的丰台区文管所提出的此次修缮工程最重要的一项便是复建南北两侧城墙上的10个城楼，包括4个角楼、4座敌楼和2座中心敌楼。因为有了20世纪80年代那次复建东西城楼和瓮城的经验，因此设计和施工都比较顺利。另外，虽然这些城楼大都已荡然无存，东南角楼仍然有半截墙体、残存较多，其他城楼的柱础也都可以明显辨别，这为复建工作提供了相当大的便利。

打弯的城墙被"拉直"

"经过80年代的那次修复，宛平城的城墙已经显露出完整的轮廓，裸露在外的夯土全都重新包上了青灰色的城砖。只是，经过十多年的雨水冲刷和自然风化，到这次修复前，有些墙段脱落已经比较严重。这与周围的环境有很大关系，附近有个钢砂厂，粉尘浮在空中，很容易形成酸雨，而这对古建的腐蚀破坏性很大。"吕玉良说。

修复工作队对破损的墙段进行修补，"每块砖风化破损超过三公分，就要对破损的地方进行替补，类似于'剜疮补肉'的意思；而一旦损坏超过一半，整块砖都要被替换掉。"

▲绿树掩映中的宛平城西城楼。

一个有争议的地方是，南城墙西段有一段长41米的墙体，明显是宛平旧城原有的，却不是用城砖而是用碎石垒成。大家一致判断，这种情况并不是出于特殊的需要，而可能是古代施工时，因工期或者用料等原因，临时用碎石替代城砖建成的。有专家认为，这一段是历史形成的，无论如何都要保持原貌，“绝不能动”。最后占上风并最终得到落实的意见是，这段石墙既然当初就是权宜之计，那么也就没有那么大的保留价值，而借助这次修缮的机会，把碎石剔除替换成城砖，更有利于体现和保持宛平城的完整性和整体风貌。基于同样的理由，这段原本“打了个弯”的石墙，也与其他部分取齐，重新拉直。

宛平城的“余地”

“这一次修缮之后，宛平城城墙城楼的基础工程基本已经完工。但还有一些局部和细节问题需要以后逐步解决。”吕玉良说。比如，城墙四周的水关曾是古城最终的排水口，需要清理出来。更重要的是，长时期以来，城内民房越来越密集，许多就紧靠着城墙，甚至仍然占据着城墙作为房子的一面上墙。“按照我们的设想，未来在城墙四周和民房之间应该留出一条4米宽的通道，这样既便于城墙保护，也便于游客的观览。”

2004年，在人文奥运文物保护的背景下，以迎接抗日战争胜利60周年为契机，宛平城二期修缮工程再次启动。这次主要的工作是进行城内改造，建成了明清一条街。最近的消息是，丰台区制定了一份《宛平城和卢沟桥文物保护规划》并已上报国家文物局，与此同时，相关的旅游规划也正在制定之中。

有消息说，按照该计划，宛平城内的8000多居民将有可能被全部迁出，宛平城将着力打造文化创意产业和旅游产业，并建造一个集外景拍摄、摄影作品展示、器材交换于一体的影像城。“但目前还只是一个规划，国家文物局等上级部门还没有作出批复，一切还都是未知数。”卢沟桥文化旅游区办事处社教部部长陈虎义谨慎地说。

纪事·2002

1月7日 建设部授予“北京市大气污染治理和环境综合治理整治”项目“中国人居环境范例奖”。

2月6日 北京城市排水集团有限责任公司成立。这是本市最后一个市属公用事业单位完成转制、脱离事业编制成立的国有独资企业。

2月28日 北京市土地交易市场挂牌。

3月20日 北京市出现特大强沙尘暴，海淀区300所学校停止户外活动。

6月5日 卢沟桥宛平城修复全部完工。

6月16日 “蓝极速”网吧发生火灾，造成24人死亡、13人受伤。

9月11日 环绕京城的绿色生态屏障基本建成。

9月19日 《北京历史文化名城保护规划》提出从整体上保护北京旧城，具体体现在历史水系、传统中轴线、皇城、旧城“凸”字形城廓、道路及街巷胡同、建筑高度等10个方面的内容；在已确定的北京第一批25片历史文化保护区的基础上，又确定了第二批15片历史文化保护区名单。

11月29日 位于东花市的袁崇焕祠、墓修缮完工并正式对外开放。

12月27日 南水北调工程开工典礼在北京人民大会堂和江苏省、山东省施工现场同时举行。

见证人·2002

始作俑者
引领艺术家扎堆798

1997年，隋建国（现年53岁，中央美术学院雕塑系主任、教授）带领雕塑系30余位教师租用了798工厂3000多平方米的闲置车间。在他们的带动下，2002起，艺术家开始成批进驻并迅速形成高潮。798艺术区开始为国外媒体所关注，美国《时代》周刊将它评为“全球最有文化标志性的22个城市艺术中心之一”。但随着租金的上涨及空间的拥挤，隋建国个人则于2005年初搬出了798艺术区。

从1995年到2001年，中央美院暂时借住在大山子地区的北京电子器件二厂，这6年因此也被称为中央美院的“二厂时代”。1997年，我们雕塑系承接了卢沟桥抗战纪念大型雕塑的创作任务。找一个足够开阔的空间显然是非常必要的，何况还要能解决百十号人的食宿问题。另外，为方便大家工作，也想尽量能离“二厂”近一些。

【进入】
大型雕塑成为798新“产品”

系里负责工程的老师在周边转了一大圈，终于在798发现了两个闲置的车间。当时，798工厂一大半车间都已经处于停产的状态，不少做了仓库，或者租给了许多零碎的小加工厂。这里离“二厂”很近，交通方便，还算安静，附近还有几个餐馆。我们没想到会有这么理想的场地。

可能因为出生于工人家庭，自己也曾经做过7年的工人，那里高大的厂房和密密麻麻的管道都让我倍感亲切。而这种空荡荡的大工业车间，使自己的作品出现了新的可能。正是在这里，我也完成了自己第一组大型雕塑作品——放大的恐龙。从那时起，我越来越深刻地体会到空间对于艺术，特别是雕塑的巨大影响。

1999底，我们完成抗战雕塑，准备撤出时，就劝一直和我们合作的那家雕塑工厂的负责人，希望他能接着租，吸引艺术家进入进行创作。后来，真谈成了，只是因为租金问题，他们只租了其中一个车间的一部分，大约二三百平方米。物业也没有把那二三百平方米单独隔离出来，所以实际上还是一个有1000多平方米的大空间。

【应者云集】
罗伯特、黄锐振臂一呼

2001年，我们学校搬到了花家地，我积攒了多年的东西无处存放，就请人租了一块大约100平方米的场地，主要用来存放东西，工作还是在那个大车间中。刘索拉进入798建立工作室的事情，我们也听说了，但彼此之间没什么来往。对798后来形成气候，比较关键的两个人是罗伯特和黄锐。

美国人罗伯特最初在三元桥附近做一家推广前卫艺术的网站。那儿租金贵，于是我介绍他到798来。罗伯特非常兴奋，开始在自己接触的前卫艺术圈子中极力推荐这个地方。2002年初，艺术家黄锐带着画廊从日本进入798，并很快提出了保护包豪斯工厂建筑的主张，联络各地艺术家有意把798打造为一个艺术区。这一年，也是艺术家进驻798达到高潮的一年。

我个人觉得工作室是一个个人搞创作的地方，需要一定的私密性，因此并不太介入他们的活动。进来的人越来越多，我堆在马路边的东西只好随之不断搬动，最后居然发现没地儿了，差不多每个空间都被人租了下来。随着798人气越来越旺，2004年，物业方面提出要提高租金。我觉得，作为最早进入的艺术家，对物业这种单方面的决定，应该表明自己的态度，就产生了搬出798的想法。

【撤离】
嬗变中的798艺术生态

2004年底，我在顺义乡下租了一块地，第二年开始营建自己新的工作室。索家村艺术画廊给我提供一块大约150平方米的场地作为过渡。有一位叫沈晓闽的纪录片导演，他从2002年10月就开始拍摄一部有关798艺术区的纪录片，但一直不知道怎么收尾，我的搬离使他终于找到了结尾的办法。

随着越来越多、越来越大的艺术机构的进入，后来的798日益趋于商业化。有时，我们也给物业提建议，提醒他们要知道798艺术区产生和存在的前提，因此在准入方面应该有所限制，加大力度支持有学术水准的机构。但无论如何，还是要在市场机制下运行，这可能是目前乃至以后对798的发展最为有利的做法。

这些年，798的生态已经有了非常明显的变化，2004年以前这里还主要是一个艺术家的工作空间，而现在已基本变成一个交流和展示空间。但这并没有什么不好，对于中国和中国艺术来讲，特别是在学校的艺术教育未能尽到责任的情况下，这样的空间其实很有必要。因为798，我的艺术生命的一个阶段跟中国的民间艺术活动发生了直接的关系，融入了它的成长过程，这让我更加坚信民间艺术的力量。

60年60人·2002

社区换届直选拐过“九道湾”

周鸿陵，北京新时代致公教育研究院院长

我们单位从1999年开始关注中国的基层民主改革。在湖北沙洋县进行了两年的农村基层民主选举和民主自治的实验有了成果之后，我们产生了把这种基层民主模式移植到城市的设想。

民政部社区建设司社区处的王时浩副处长推荐我们把试点放在东城区，跟东城区民政局沟通后，双方一拍即合。

大概是2002年四五月份，我们在北新桥街道指导进行了老年协会的民主选举，包括会长、副会长和委员都采取了差额、直选的方式。经过这次成功的试验，我们最后商定在北新桥街道下属的九道湾社区首先进行社区换届直选。经过东城区有关部门的批准，换届提前了一年进行。

选民们投票非常积极，投票率达到了95%以上。有八九十岁的老俩口坐在轮椅上来到现场，两人意见产生了分歧，结果就把票投给了各自中意的人。一个刚满18岁的小伙子和家人意见无法达成一致，最后按照自己的意愿投了票。竞选非常激烈，候选人除了畅谈自己的设想以外，甚至可以相互揭老底，这在过去是很难想像的。

◀两位社区工作人员在整理张贴的“选举公告”。吴强 摄

在新选举产生的社区机构中，社区代表会议是最高权力机构，享有社区事务的最高决策权，居委会是它的执行机关。当年，民政部把这次选举树立成了全国城市基层民主改革的标本，这件事前甚至写进了中国当年的人权报告之中。第二年，北京就在全市200个社区推广了这种做法。这种模式也为全国各地所借鉴，到2007年，城市社区基层民主选举已基本在全国城市中全面铺开。

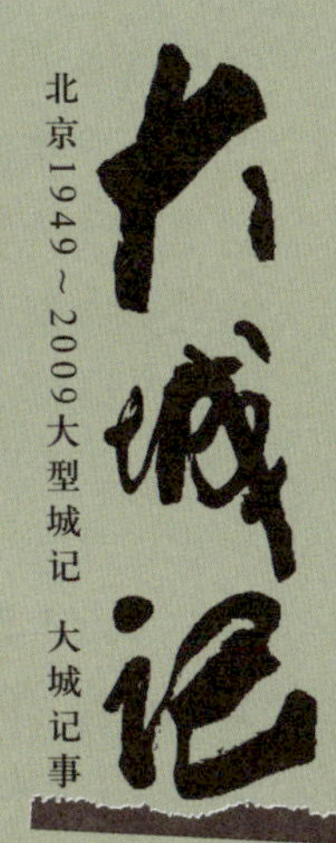

2003

小汤山医院二部

A field hospital built for SARS

关键词：小汤山非典医院

2003年4月下旬，为了控制“非典”疫情的进一步发展，北京市政府与总后卫生部联合决定在小汤山建造一座临时野战医院。在随后短短的8天时间里，军地携手建成了具有一级标准的1000张床位的收治“非典”的专科医院。这座世界上最大的传染病医院，在随后的51天内，出国际社会“预料”地成功完成了使命。

临时“野战医院”抚平民间“非典”创伤

4月21日，在北京“非典”疫情最严重的时候，北京市决定建立世界上最大的一级传染病医院——小汤山“非典”定点医院。至5月5日，全国各地114家军队医院的1200名医护人员分三批全部抵达。这是北京疫情由严峻走向缓和的转折点。

当时有国外媒体认为此举不仅会让大量病人在这里丧生，中国军人也会大量倒在小汤山。“那么多条件优越的传染病专科医院都没有挡住疫情，一个临时的野战医院怎么可能创造奇迹？”

……51天过去后，最后一批“非典”病人康复出院，病死率不到1.2%，为世界最低。医院零投诉，医护人员零感染——小汤山医院创下的一个又一个奇迹，均属世界之最。

▲小汤山“非典”定点医院已经完成了它的使命。图为院区内废弃的小操作台。

山上有温泉，故名“小汤山”，因为水质好，元朝时就开始利用，一直到解放前这里都是享乐的处所，是百姓不能进入的禁区。20世纪50年代，中央军委总后勤部在这里建立疗养院，之后屡经变化，1982年，小汤山疗养院被命名为北京市康复中心，1988年改称为小汤山医院，对外开放门诊——2003年5月1日深夜，北京市第一家专门治疗“非典”的临时性传染病医院小汤山医院二部开始接收病人……

小汤山医院的非典型用途

这一年的暮春时分，北京的杨絮特别多，飘飘扬扬，落在空荡荡的路上，“整个北京城都很安静，环路变成了高速，饭馆都关门了”。这是很多北京人对六年前春天的记忆。

4月24日中午，中国人民解放军302医院消毒供应室护士长申桂云接到任务，“下午两点半出发，去小汤山报到，筹建‘非典’定点医院的消毒供应室”。之前，“非典”已经大肆蔓延开来，“消毒供应室”对于控制医院交叉感染尤其重要。

“3月5日，302医院收治了北京市第一例‘非典’患者，到了4月，我们这里已经是重要的‘非典’战场。”申桂云记得自己那天

▲上 小汤山“非典”医院的重污染区。这些如今大敞四开的门曾被视作“鬼门关”，幸运的是，绝大多数患者最终治愈出院。

▲下 病房里集中在一起的输液架子，架子上布满了灰尘与蜘蛛网。

穿着高跟鞋，但是来不及回家换鞋就出发了。

申桂云到达小汤山医院的时候，正是"非典"定点医院建设紧张奋战的关头，"到处都是民工，到处都是设备，地上全是砂石"。"非典"定点医院也被称为小汤山医院二部，来自6家建工企业的4千余人携带5百台设备开进了施工现场，昌平区也大量投入人力。每天最多的时候有7千多名工人参加，24小时连续施工。

穿着高跟鞋的申桂云站在工地上监督消毒供应室的建设进程。"有一天风特别大，两块板房材料就飞起来了，我的脚指头被挤出了血泡。"

医院内的层层防护

和物资采购同步进行的还有人员的召集，小汤山医院二部的筹建采取了地方建设、军队管理的模式。从4月27日开始，申桂云注意到来自各军区的医疗队陆续到达，很多都是军事医学院年轻的学员，这个时候，申桂云所在的消毒供应室也分来了几个年轻人。

5月1日，一座医院"拔地而起"。申桂云也从旁边的小汤山疗养院搬进了定点医院院区。定点医院在小汤山疗养院的东北，占地122亩，设有病房5百多间。

医院采取了非常严格的隔离措施，申桂云介绍，整个院区被分为三块，新建成的病区是控制区，医护人员的居住区域是缓冲区域，行政和后勤的办公区域是清洁区，各个区域的人员分区活动，防止污染的扩散。

病区内则采取了更为严格的隔离防护措施。病人和医护人员的通道也各不相同，病人是通过病房门前半开放式的走廊通道进出病房，而医护人员则是从专用的工作通道进出。

从清洁区到病房污染区，相关人员要经过几道的消毒，三次更衣。"我们穿着棉布服、隔离衣和防护服，医护人员晕倒了好几个。"直到6月20日结束在小汤山“非典”定点医院的工作，申桂云觉得作为一个军人，“终于体会了打一场战役的感觉”。

患者在治疗间隙莳花弄草

2003年4月9号的早晨，43岁的裴亚君姐妹三人在东直门医院感染“非典”，随后被转到北京市第六医院救治。“吃喝拉撒都在一个屋子里，空气不好”。

裴亚君三姐妹在4月底被告知小汤山“非典”定点医院即将建成，如果想去的话可以转过去。“小汤山就是疗养院，那里肯定空气好”，裴亚君三姐妹成为了第一批被转到小汤山的患者。“前面有警车开道，我们这一批都是病情稳定的患者，不用担架，几个人坐在救护车里就去了”。

来到小汤山“非典”定点医院的裴亚君三姐妹被分到了第五病区，“我们这个区应该是条件最好的，每个房间两张床位，进门有个小间，里面有卫生间，可以洗澡。房间里有空调，有换气扇，有插电水壶，有电视，有电话，条件相当不错”。

这里的生活井然有序：开饭时间分秒不差，分别是7点钟、11点钟和17点钟。每个房间特别辟出了一个小窗口来送饭。“据说都是王府饭店、昆仑饭店的师傅来做的饭，伙食很好，但是吃不下去。”

在每个病区之间，有一块空地种着花草。“当时我们住进来的时候，还没有种完，我们病情较轻的患者还跟着一起种。”当他们偶然抬起头的时候，长方形的天空向着远方延伸。

心有余悸的“疗养”经历

裴亚君和姐姐住在一个病房内，妹妹住在另一个病房，病房之间可以互相问候。住在小汤山的一个多月里，裴亚君主要的活动就是早起活动锻炼、吃饭、看电视，和姐妹聊天、叹息、落泪。

每隔一两天，病人们会接受心电图观测，每天要输液，一般是先挂好了吊瓶。“我们害怕那些年轻的孩子们被感染，最后都是我们患者内部被感染的医护人员自己给换，一般我们都不怎么接触医护人员，他们经过过道的时候，会打招呼问我们感觉怎么样。”

纪事·2003

1月10日　北京市土地整理储备中心首用7.29亿元收购北京化工厂国有土地使用权。这是北京市建立土地收购储备制度以来的首笔收购。

1月28日　北京城铁运营，北京159中学迁出历代帝王庙。

2月20日　首钢第一炼钢厂关闭。至此，为了创造北京良好的环境，该厂三座转炉全部停炉。

5月1日　收治非典型肺炎患者的小汤山医院二部建成并投入使用。

7月21日　王麻子剪刀厂破产。

9月6日　元大都城垣遗址公园建成。

9月12日　当代北京史研究会第二届理事会选举陶西平为会长。

9月20日　北京建都850年纪念阙揭幕仪式在宣武区滨河公园举行。

10月25日　在门头沟区东胡林人遗址发掘出土的东胡林人骨架填补了山顶洞人以来北京地区人类发展史的空白。

11月1日　国内最长城市环线高速公路——北京五环路全线通车。

12月4日　北京市完成第三批119处保护院落挂牌工作。至此，北京市挂牌保护的四合院已达658处。

2003年6月5号，裴亚君和妹妹"非典"症状消除第一批出院。

六年之后，小汤山"非典"定点医院已经成为废墟。这个存在了1个月20天的医院，从1病区到22病区，蓬蓬的杂草长得老高，连同野菊花、牵牛花、松柏将过道挤满。高强度紫外线空气消毒器、污手套桶、废弃的时钟、破碎的手术刀、锈迹斑斑的输液架、长草的屋顶、坏掉的插电水壶……一场雨后，还能闻到消毒水的味道，我们穿梭在"非典"的废墟上。

《00后60人·2003》

《新京报》创刊

吴建斌，曾为《新京报》员工

当时我们就在虎坊桥《光明日报》的老楼上，条件很艰苦，楼上还有蜘蛛网，我开玩笑说我们就是蜘蛛侠。我们在楼上打地铺，收拾出办公室的模样。之后是强化性培训，那时候的同事大部分都是南方人，我们要了解北京和它的媒体。

9月底、10月初的时候，我们开始对外推广。当时报纸的名字还没有，最开始想叫"北京时报"，后来改为"京报"，我还保留有"京报"的名片，最后决定称为"新京报"。

我自己比较喜欢旅游，所以我主动要求跑旅游广告，结果让我跑郊区。拿出地图一看，有个叫"司马台长城"的景点，我就坐上公交车去了，还走了十几里山路才到，这是我跑的第一个客户。虽然是10月，郊区已经下起了小雪，回到北京的时候已经是深夜了。

11月11日，《新京报》正式创刊发行，我记得发刊词里写着：责任感使我们出类拔萃。至今我看《新京报》也是一个字一个字地看，就像是自己的孩子。11日那天我是在地铁口卖的报纸，卖得还不错。不管我身在何处，我相信《新京报》的"责任"二字不会改变。

▲《新京报》创刊号的封面选用的是"克林顿拥抱艾滋男孩"。

见证人·2003

厂子破产了，“王麻子”还在流传

毛主席在《加快手工业的社会主义改造》中指出：“王麻子”的剪刀一万年也不要搞掉。2003年7月21日，昌平区法院依法裁定京城老字号北京王麻子剪刀厂破产。北京栎昌王麻子工贸有限公司董事长白锡乾先生至今仍未放弃，要将“王麻子”的故事讲下去。

直到20世纪80年代末，昌平沙河的王麻子剪刀厂，想进厂里工作，没有关系是进不去的，当时厂里工作人员有700多人，鼎盛的时候食堂有1200多人吃饭。产量最高的时候是一个月产剪刀47万把，一年产剪刀600万把，每年上缴利税百万。在计划经济体制下不愁卖不出去剪子，一个是生产剪刀的厂子少，而且国家对钢材是限量供应，王麻子剪刀用的是65号锰钢，大黑剪子钢好，硬度好。当时王麻子剪刀还发展了很多加工点，在河北、山东、天津都有。

剪刀厂迁入昌平困境依旧

王麻子剪刀的创新没跟上，产品品种很单调，这时南方的民营企业发展起来了，钢材的供应限制也取消了，我们只剩下了产量上的优势。到20世纪90年代中期，王麻子剪刀厂处于半停厂的状态。1995年4月，“王麻子”这个商标被二轻局拿走了。我当时是北京市文教器材厂和北京五金工具五厂的厂长，1997年的时候，二轻局的领导让我同时兼任王麻子剪刀厂的厂长。

王麻子剪刀厂在1999年划给昌平。我当时去和二轻局进行交涉，终于把“王麻子”这个商标要了回来，在昌平注册了“栎昌王麻子工贸有限公司”。开始想注册“王麻子”，但是之前已经有了“王麻子工贸有限公司”，我坚持“王麻子”这三个字一定要加上。为什么称为“栎昌”，“栎树”是一种坚硬笔直的树，而且生命力很强，“昌”是昌盛和在昌平生根发芽的意思。

为了迎接建国50周年大庆，王麻子剪刀厂还开工了一年，结果剪刀都积压了，王麻子剪刀厂处于完全停产的状态。可几百号人要吃饭啊，一直就这么在王麻子剪刀厂和文教器材厂之间借来借去，王麻子剪刀厂靠输血活了几年，最后王麻子剪刀厂是欠文教器材厂2700多万。

352年老字号濒临灭绝

到了2002年左右，王麻子剪刀厂的资产负债率是216.6%，符合破产的要求。我觉得不破产不行，不破产就没有活路，就没法解决历史问题和财务关系。2002年2月份开始研究，5月开始上报，2003年1月30日，法院受理，之后是调研取证，2003年7月20日，正式宣布破产。很多在剪刀厂干活的人接受不了，还有人拿刀架我脖子上。有人说我偏心，说为什么不是文教器材厂破产。文教器材厂的人说我把钱都给王麻子剪刀花了，反正我里外都不是人。

当时有报道写：352年的王麻子品牌终结了吗？还有写，悲情老字号。但是破产的是王麻子剪刀厂，“王麻子”的[illegible]。我当时坚持，不能再在原地办厂，制作剪刀的刨、磨、开刃等工作都是高污染的工序，有毒有粉尘，不适宜在北京生产，现在大部分都是外加工。

这几年来，北京市政府对老字号很重视，各种政策和扶持力度也好，去年“王麻子”剪刀已经被评为国家级非物质文化遗产。“传承人”这一块也感觉很紧迫，会全部工艺的老师傅越来越少了。

剪不断 理还乱

王麻子剪刀现在要发展，产权关系是个制约，现在还是集体制企业，受各种牵制很多。王麻子剪刀厂的命运，我觉得是三分天灾七分人祸，行政干预太多，制度制约性的问题没有解决。

还有就是现在“王麻子”的品牌价值在降低，市场上假冒王麻子的剪刀少了，说明人家用自己的牌子就行了，这一点其实很危险。另外就是，这个行业似乎有点敏感，去年奥运会的时候，我们一些销售点都歇业了一段时间。

怎么样讲好“王麻子”这个故事？它首先是民族的历史的。毛主席在《加快手工业的社会主义改造》中指出：“王麻子”的剪刀一万年也不要搞掉。

老百姓对王麻子剪刀还是有感情，过年在农展馆展销的时候，一会功夫，一天能卖几万块钱。走旅游礼品道路也是要努力的方向，要让它工艺化艺术化。我一直都想建一个王麻子剪刀博物馆，讲讲王麻子的故事。

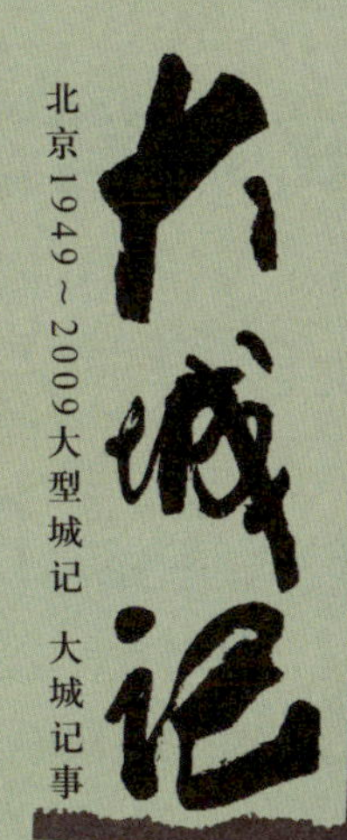

2004

人文奥运文物保护计划

The conservation of Cultural Relics under the name of Olympic

关键词：奥运文保
市民安全

人文奥运文物保护计划在北京2008年奥运会前，对全市文物建筑进行大规模修缮和成片整治。这个斥资6亿元的方案从2004年开始实施，重点营造北京历史文化名城的基本格局、风貌，文物保护重点从单体修缮转移到整治和改善环境，从景点保护转移到成片保护。人文奥运文物保护计划扭转了以往被动抢险的局面，是北京文保史上最浓墨重彩的一笔。

奥运促使文物保护成为常态

北京申奥成功后，市委、市政府于2003年作出按照“整治两线景观（中轴线和朝阜路线）、恢复五区风貌（什刹海风貌区、国子监古建筑群游览区、琉璃厂传统文化商业区、皇城景区、古城垣景区）、重现京郊六景（西郊风景名胜区、北京段长城风景保护区、帝王陵寝保护区、京东运河文化带、宛平史迹保护区、京西寺庙景区）”的保护思路，5年投入6亿元，实施“人文奥运文物保护计划”的决定。

北京市文物局文保处负责人总结：这一计划有效地缓解了历史欠账，在修缮的139个项目中，旧城内的项目超过了100项。

▲故宫午门内的游人。2004年6月9日，属于人文奥运文物保护计划项目之一的故宫午门区修缮工程开工。

◀丰台区宛平城内。2004年，宛平城二期修缮工程开工。

复建 以中轴线南起点为典范

南端是消失半个世纪后重建的永定门城楼，北端是修缮一新的正阳门，永定门街心公园是100多米长的花岗岩石板铺成的御道，这使南起永定门，往北经过正阳门、紫禁城、景山、钟楼、鼓楼的北京城的龙脉中轴线延长至约7.8公里。御道两端，是天坛和先农坛两个约略对称的建筑群。

80多岁的李春龙家住先农坛体育场附近，他每天早晨都穿过永定门街心公园，到天坛公园遛弯。他记得2004年是“大兴土木年”，7月，在南中轴路修建工程中发掘了石砌乾隆御道遗迹，据说是明清两朝皇室前往南苑团河围猎的主要通道。

现在御道正中标识着“距永定门柒拾贰丈”等三个里程星，“北京中轴”四个字篆刻其上。“它们形成了新的游览观光景观和历史人文景观，为人文奥运充实了内容。”一位文物专家在当年接受采访时说。

“内九外七皇城四，九门八点一口钟”，这是介绍北京城门的老话。永定门为外城七门中最大、最重要的城门，始建于明嘉靖三十二年。当时只修建了城门楼，嘉靖四十三年补建了瓮城。清乾

▶大葆台遗址。2004年，大葆台工程顺利竣工。

隆十五年增建箭楼，并重修了瓮城。瓮城在1950年被拆，1957年，因修筑滨河路，永定门城楼与箭楼同时拆除。

年逾80岁的文物保护专家罗哲文曾回忆，他的老师梁思成在外城城墙及相关建筑被拆除时说，“50年后，你们会后悔”。桥梁专家孔庆普曾亲手维修过永定门，随后又拆除了自己修的永定门，回想起当年的拆除，他只觉得心痛。

2004年3月10日，复建工程开工，北京古建筑研究所所长韩扬担负起重建永定门城楼的设计工作。“复建永定门城楼是有条件的。”韩扬所说的条件包括1937年北平市文物整理委员会对永定门的实测图和1958年拆除时绘制的结构图，还有一些历史照片。

为了在原址采用原材料、原形制、原结构、原工艺进行重建，北京市文物研究所进行了考古勘探以确定原址位置。还从非洲专门购置了12根铁力木，加工成12米高、重4吨的“金柱”。韩扬说，仅让这些木材干燥就用了很长时间。

观念　让文物修缮成常态

是否要重建永定门城楼及建成后形成的城市新景观问题引发了

许多的争议，罗哲文对重修永定门城楼表示赞成。他认为，永定门是北京南北中轴线的南起点，让最伟大的建筑艺术线找到起点，很有意义。虽然城楼周围的环境改变了——以前的箭楼和瓮城都在现在的护城河里。新广场很大，城墙却永远消失了。

"永定门城楼和广场的重建，是恢复历史文化的徒然尝试。"参加中轴线规划的中国城市规划设计院总规划师杨保军另有看法。

"这次重建，是少量的历史古建局部复原，它尊重历史的真实性，是北京对历史文化环境完整保护的尝试。但具体细节还是不够理想。比如永定门城楼的地坪变化，周围历史环境的完全改变。"清华大学建筑学院副院长毛其智将永定门城楼的复建类同于杭州雷峰塔的多次复建。"工程上马比较仓促，幸好对它与二环路的位置进行了及时调整，否则它的位置会更尴尬。"

相比多年来北京旧城区的拆或不拆的争论，奥运会无疑让"拆派"和"保派"的角力格局得到了一定程度的改变。在2002年，北京出台了《北京旧城25片历史文化保护区保护规划》，将什刹海及周边146.7万平方米的区域列为历史文化保护区之一。当时街道办事处找过很多户居民做"胡同游"的接待户，这是北京"奥运人家"的雏形。"和过去相比，《人文奥运文物保护计划》是将之前的文物修缮的非常态变成了常态。"韩扬说，"虽然完全将每一处古建筑都100%在技术上修缮到位很难做到，但北京和国家的经济实力发展到足够程度，就必然会更重视文化遗存的保护。"

北京文物研究所所长宋大川说："借全民动员奥运的机会，政府空前的人文奥运资金投入比西方发达国家毫不逊色。在这之后，政府每年都会投入1.2亿元进行持续的文物保护工作。"

技术 用现代技术留住原物

2005年，正阳门也经历了新中国成立以来规模最大的一次修缮，同时修缮的还有天坛和先农坛……

"正阳门经历了结构加固和砌体修复……天坛的修缮主要因为其结构隐患，有很多建筑在结束坛庙作用后转变为其他的功能了。有一些建筑的基座部分有破坏，还有建筑外观上的彩画等经过多次

纪事·2004

1月1日 北京文物局直属16家博物馆开始实行对北京地区中小学生免费开放。

3月10日 永定门城楼复建工程正式动工兴建，张茅副市长等市领导及罗哲文、郑孝燮、王世仁等文物古建专家参加了奠基仪式。9月，永定门城楼主体复建工程结束。

3月30日 丰台区宛平城二期修缮工程正式开工，该工程被列入2004年"人文奥运文物保护计划"项目。

4月28日 市级文物保护单位团城演武厅重新对外开放。

5月 五棵松文化体育中心工地发现古代墓葬，共发掘清理汉代墓葬8座，辽、金墓葬3座，明、清墓葬37座。

7月6日 梅兰芳纪念馆修缮工程开工。

9月22日 北京古观象台台体保护工程正式开工。

12月20日 正乙祠戏楼修缮工程开工，孚郡王墓修缮工程开工。

2004年春 北京市文物局和北京奥运场馆建设指挥办公室下发《关于奥运场馆建设中有关文物保护事宜的通知》，通知规定对所有奥运场馆进行动工之前的考古勘探和发掘。

▲左 复建后的月坛坛墙。

▲右 位于中轴线上的北顶娘娘庙。

改画，与原先的面貌有较大出入……”韩扬当时负责修缮天坛，斋宫，祈年殿，神乐署等都是分区，分片修缮的。

北京市文物局文保处有关负责人介绍，在修缮的139个项目中，旧城内的项目超过了100项，已修复的文物保护单位修复后重新或扩大开放的有58处，修复后首次开放的41处，修复后达到继续利用的有40余处。

在韩扬等文保专家看来，城市格局规划是设计院操心的事，他更关注将新技术手段和传统项目结合，用新技术和新材料原封不动地保护原物。

在“恢复五区风貌”十三陵的过程中，韩扬觉得德陵面临的修复和保护难题最多，也是综合运用现代技术和传统修缮工艺的典范。他以德陵的宝城墙举例，因为历史上德陵修得仓促，加上后来被洪水冲过，陵丘变形了，将宝城墙破坏得非常严重，需要加固处理以防止进一步破坏。“墙皮下滑，我们清理时，发现有些地方和主体间的裂缝最大达30公分，塞满了渣土、树枝、树叶等垃圾。如果拆了墙再按原来工艺、材料重新砌回去，那肯定是新墙，我们希望能用现代技术保住原物。大葆台一号墓车马遗址侧墙防渗工程、老山汉墓防渗水工程等都充分利用了现代科技保护文物。”

虽然北顶村已变成了奥运场馆，但位于“鸟巢”和“水立方”边的“敕建北顶娘娘庙”却作为北京中轴线北延长线上的北端保留了下来。“北顶娘娘庙最值得一说的是在大规模的奥运场馆建设中

▲左　团城演武厅曾于2004年重新开放。

▲右　智化寺内。2004年5月，转轮藏保护工程开工。

确定了它的原地保护，而不是被迫挪到别处或拆了，让它成为奥运游中的‘新’景观，作为现代化大空间下的传统文化符号。”韩扬说。

地下文物　也是人文奥运的内容

韩扬说，北京古建筑研究所主要承担两个任务，一是调查与奥运相关的古建，二是承担古建项目设计。

人文奥运文物保护计划最终修缮的139处项目，修缮面积近33万平方米，除了市文物局局属文保单位外，也有其他单位和公司接受委托设计和施工。“毕竟这是市场化的时代。北京本身的文物保护力量和设计力量在全国也是最雄厚的，有较高资质的文物保护建设机构在北京就有9家，做文物保护和修缮的施工队伍就更是多如牛毛，这也保证了139项文保项目得以在奥运前全部完工。”

2004年，北京市文物局和北京奥运场馆建设指挥办公室下发《关于奥运场馆建设中有关文物保护事宜的通知》，通知规定对所有奥运场馆进行动工之前要进行考古勘探和发掘。负责北京市地下文物保护的北京文物研究所承担了这项任务。“我们一共完成了勘探面积158万平方米，发据墓地700多座，出土文物1538件。这是《人文奥运文物保护计划》中非常重要的一部分。”宋大川说。

除了发掘五棵松体育中心的历代墓葬外，在石景山国家射击中心，文研所勘探、发掘了179座古代墓葬。其中有169座是明代太监的墓葬，这是新中国成立以来大规模发现和发掘的第一次。由于大多数墓葬不涉及国家射击中心的建设，采取了就地回埋的保护方式，其中一座墓葬出土的非常精美的文物被送到了明代宦官田义墓做“太监墓葬展出”。

在过去30年里，北京市无疑是世界上变化最快的城市之一，城市的边缘每年向外扩张大约25平方公里，而在城里，每年消失大约600条胡同，古都的面貌不断被改变，人们在新与旧的反差中辨认着“北京”的含义。

60年60人·2004

踩踏事故后关注市民安全

2004年2月5日晚7时45分，农历正月十五，在距离北京市区65公里的密云密虹公园举办的迎春灯展上，彩虹桥上发生一起严重踩踏事故，37条生命逝去，多人受伤。

讲述人：李菁，《三联生活周刊》记者

我到现场采访时，彩虹桥已被处理完，桥护栏已经变形，旁边石阶上遗落了一件淡紫色外衣，“北京密云第二届迎春灯展开展仪式”的红色条幅高高悬挂在密虹公园门口。当地群众聚集在公园里谈论事故，平时只有两三千游客的公园人数激增十倍。

公园工作人员介绍，灯会1月31日开始，计划办10天，免费参观。2月5日是元宵节，有人说要放烟火，于是两岸游人一下都聚到彩虹桥上。忽然有人摔倒，有人喊“桥塌了”，桥上的人流慌乱起来。后来一个受伤的20岁女孩和她的妈妈、姨妈李女士一家6人都躺在病床上，他们来自密云周边的村子，说当时桥中间人最多，因为那是看灯景的最佳位置，女孩回忆，她刚从最高处向下走了三个台阶，前面突然有人倒了下去，在人群的推压下，她和家人也脸朝下俯冲下去。刚开始压在最底下的人还在拼命动，有人在哭，可过了几分钟，就没有反应了。女孩呼吸也越来越困难，后来失去知觉，是李女士的儿子拽起了她。

到晚8时，现场抢救的民警开始陆续往外抬人，事故遇难者有37人。

事故发生后，“市民安全”得到全社会重视。时任北京市代市长王岐山表示，事故提醒政府要对北京的公共安全给予更多关注，诸如北京市地铁安全等。他在当年的北京“两会”《政府工作报告》中也提到：北京应建立城市统一的应急指挥系统，整合各类应急资源，完善各类突发事件应急预案。

2005年，为防止踩踏事故重演，春节期间，北京市要求各大型活动的主办单位必须制定具体应急预案并提前演练，如出现严重事故将追究主办方和相关单位责任。预案中将对人流进行控制，如超过举办场地的承受量将进行限制；针对密云灯会踩踏事故教训，对桥、洞通过情况进行控制，每个大型活动举办地也将设置广播系统。

2006年，北京市政府编发了一本《首都人民防灾应急手册》，希望提高北京市民在可能发生的灾难第一现场安全意识、科学头脑和主体自救救人的能力。

见证人·2004

奥运场馆下的“文物保护战”

2004年5月，五棵松文化体育中心工地发现古代墓葬，共发掘清理汉代墓葬8座，辽、金墓葬3座，明、清墓葬37座。此次发掘对研究北京地区汉代、辽金、明清时期墓葬习俗、葬制等具有重要意义。

周宇，北京市文物研究所基建考古室研究人员，五棵松文化体育中心考古项目负责人。

▲2004年，北京市文研所研究人员在五棵松文化体育中心工地了解情况。

北京申奥成功后，北京市文物局给市政府打报告，要求在建设相关奥运场馆时一定要对地下文物进行保护。业内的普遍认识是——在北京辖区范围内，地下都可能埋藏有文物。所以，在奥运场馆正式开建前，每个场馆都需要经过严格的文物审批程序。这也应该是人文奥运的组成部分。

工地下探出墓葬

五棵松文化体育中心是北京市启动的第一个奥运场馆。因为它周边地区出土过很多文物，文研所根据多年考古经验推测，这里一定有文物。2004年2月，我们和建设方沟通、解释。这其实也是一个普及文物法的过程，国家规定地下文物保护侧重于配合基本建设，被动发掘是在没有办法的情况下对文物最好的保护。国家规定勘探、发掘、文物移动和后期文物保护等费用由建设方来支付。当时我们肯定地下有文物，建设方说一定没有。沟通了很久后，终于开始勘探。

勘探是用洛阳铲进行地下钻探，每一平方米打上五个探眼，保证不错过地下埋藏物，通过地层学的方法了解土色、土的软硬程度和土的结构判断，如果发现地下土有被翻动过的迹象（即熟土），就做重点勘探。文研所30多位专业人员将整个工程占地勘探了一遍，得出地下有墓葬的结论。我们将勘探结果形成文字和图纸。这也是宣传文物法和有关文物政策的过程：建设方觉得既然工地有文物，又是他们出资发掘，还要影响工期，是否能在文物出土后得到一些文物，我们告知他们，“地下文物都归国家所有”。

沟通好工期后，我们根据天气的影响、地质条件以及现场安全问题等进行了统筹安排，考古工作依赖地层学和类型学知识，现场发现的文物，通过文字、图纸、影像等形式记载准确、详细。文物出土后，做好清理工作，再送到库房保管。

五棵松体育场馆工地发掘出的是墓葬密集区，跨越的年代序列很长，是一种文化积累。共发掘清理汉代墓葬8座，辽、金墓葬3座，明、清墓葬37座。古人选择墓葬区，尽可能讲究风水，比如选在地势较高的地方。这里从汉代到辽金到明清时期都有墓地，墓地间有打破关系，晚期的墓地叠加在早期墓地之上。从北京地区出土的墓葬总体来看，在辽金时，北京地区就很繁荣了；从五棵松现场的平面布局看，辽金时的墓葬区的东南方向就是当时的城区了，可见这曾是一个强大政权的首都。

促成施工前文物审批法规

北京举办奥运会是中国展示国际形象的一个契机，通过考古发掘和文物保护，一个个考古项目积累起来，从旧石器时代到明清王朝到近现代，通过展览陈列，让民众看到我们的文物保护成果；提供给国内外受众的不仅仅是单个文物的珍贵价值、单个考古项目的生动形象材料，也是国家形象的展示部分。从学术角度来说，配合奥运建设的文物考古发掘，的确出土了不少精美的文物，可我们要考虑的是它们的历史、文化价值。

五棵松体育场馆的考古发掘工作，是北京奥运场馆改、扩、建的第一个，它促进了其他奥运场馆施工时的文物保护意识。比如在施工之前做仔细的文物勘探，要知道2004年的政策并没有明确规定建设前一定要做文物审批工作。现在，北京将出台一个有关“工程建设动土前必须要有文物审批、做好文物保护工作”的硬性规定。促成这项法规的原因有很多，但奥运期间的文物保护政策和措施是一个重要因素。

2005

毛家湾瓷片

Tons of Shards

关键词：毛家湾瓷片
大观楼

北京毛家湾胡同1号历来是块重地。2005年7月，中央文献研究室在铺设供暖管道时在此发现了瓷片，在后来的10多天中，瓷片越挖越多，最终总数统计达100多万片，足足装了11卡车。“地震说”、“垃圾坑说”和“漕运码头说”，关于这些瓷片的来历至今仍未有定论。

地下“瓷器博物馆”之谜

2005年7月，位于原毛家湾胡同一号的中央文献研究室在铺设供暖管道时，居然发现了大量埋藏于地下的古代瓷片。这一批“毛家湾瓷片”随后被视作北京在这一年中最重大的考古发现。经过发掘清理，所得瓷片数量竟达到了100多万片，运走时足足装了11卡车。让普通人忍不住揣度的是它们的来头——这个瓷器坑恰恰就处在林彪办公室院子的中央！？

▲成化款的白釉碗圈足和正德年间出产的孔雀绿釉盘残片

毛家湾在有明一代的文献中全无记载，只有在万历—崇祯年间的一份地图上，清楚地画出了这二条胡同的走向。有传闻说，明代正德、嘉靖年间的重臣毛纪曾在此居住，“毛家湾”也因而得名。清代《京师坊巷志稿》中也只是约略记录了“毛家湾”。

毛家湾真正引人注目已是新中国成立以后。在高岗短暂住于毛家湾后，1953年，林彪迁居此处，从此直到1971年的18年间，“毛家湾”成了林彪住处的代名词，作为一个“闲人免进”的禁地，在普通人眼中显得尤为神秘莫测。直到20世纪80年代以后，改为中央档案馆的驻地，再次恢复它平凡、日常的样态。

工地惊现瓷片坑

2005年7月21日下午5时，刚刚下班的西城区文委执法队队长马毅突然接到同事的电话，得知了毛家湾铺设管道中发现了瓷片的消息。第二天一大早，马毅就带领工作人员赶到了现场——他们也是第一批到达现场的文物工作人员。“我当时以为，可能用一天时间就可以把这些瓷片清理完毕。可是连续干了两天，还没见到坑的底部和四个边界，这才意识到，这可能会是个重要发现。”7月24日，

马毅将有关情况上报到北京市文物局。

7月25日，北京市文物研究所组织发掘工作组来到工地，研究员李永强便是主要成员之一。呈现在他们眼前的是大范围的瓷片堆积，层层叠叠，颇为壮观。“我们在北京城市遗址考古中，对文化层中出土瓷片是习以为常，瓷器窖藏也发现过数次，但在毛家湾发现这么多瓷片，还是头一次”——

李永强介绍：“现场的管道沟是‘之’字形，由北面横向折着朝南边拐，坑正好在之字拐弯的地方，我们赶到的时候，西城区文委已经挖了两天了，中央文献研究室也挖了一段时间，有两卡车的瓷片不知下落。在初步查看后，开始怀疑是地层包含过去的遗物。但两天后，根据土坑的范围、深度、厚度，我们能够确定这是人工挖掘的坑，它有明显的壁，但是还不能判断它的性质。”

▲从2009年8月开始，人们可以前往北京艺术博物馆参观于西城区原毛家湾胡同出土的大量精美瓷片。

瓷片坑边有人站岗

相对于其他考古发掘，毛家湾的工作似乎要枯燥许多，因为整个坑里除了瓷片还是瓷片。直到8月3日，挖掘工作才算基本结束。李永强说："这个瓷片坑也不纯粹是瓷片，它的土和灰很少，跟瓷片一起埋的还有猪的下颌骨，石头雕的盆、骨牌、煤屑都有，比例大致是万分之一。后来我们整理的时候才知道，这不是唯一的瓷片坑，在20世纪80年代，北京站邮局附近芝麻胡同也发现过一个瓷片坑。"

毛家湾出土瓷片的消息最初并没有太过张扬，直到2009年8月3日，历经整整四年的整理研究之后，这些瓷片中的珍品才首次在北京艺术博物馆向公众展出。

北京艺术博物馆馆长张树伟说："毛家湾1号院原来是林彪的住所，后来住的领导职位都比较高。所以那一片一直处在保密状态，挖坑时候旁边都有战士持枪站岗，只准在这一个范围内，所以这事闹得就挺神秘，原来的资料留得也很少。这个东西出来以后，由于位置特殊，也只是报道了一下，说发现了一些东西，究竟是什么没人知道。"

▼不管是"地震说"、"垃圾坑说"还是"漕运码头说"，今天的毛家湾已找不出任何与此相关的历史印迹，中央文献研究室肃穆的大楼和周边的平房小院已将这段记忆彻底地隐去。

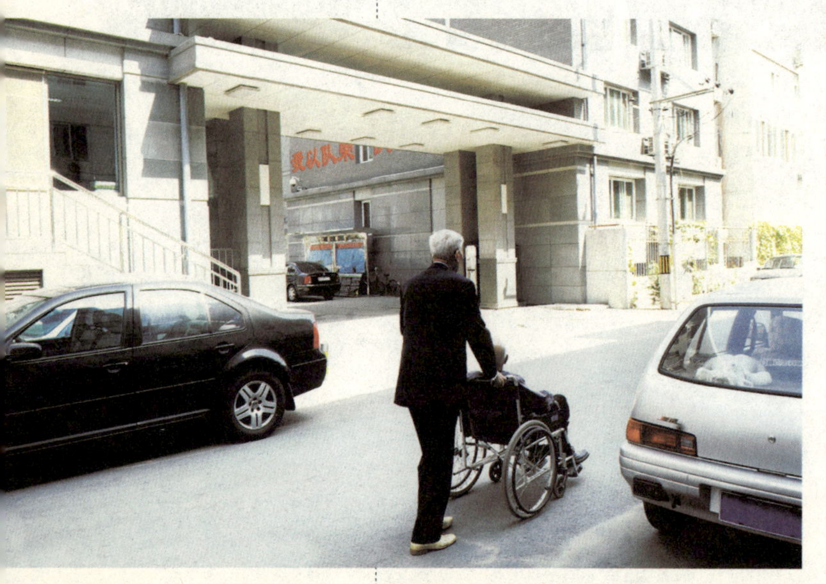

瓷片跨度九百年

从2005年8月起，直到2007年8月，毛家湾瓷片发掘后的室内清理工作在北京市文物研究所琉璃河考古基地内悄悄地进行了两年。"我们整理的时候把它们逐级分类，叫'多级分类，系统复原'。多级分类是按照时代、窑口（邢窑、龙泉窑、景德镇、磁州窑、定窑等等）来分，窑口下面按釉色品种分，釉色品种下面是按器型来划分。

这批瓷片时间跨度长，最早的为隋唐时期，最晚的为明代，下限比较有把握的是到明代正德末年，时间跨度900多年。隋代的瓷片比例非常小，不会超过三四片；以明代的数量最多，占整理瓷片的97.5%；唐代至元代的仅占2.49%。

出土的瓷片以景德镇窑产的数量最多，有82万余片，占全部整理瓷片的94.09%，其中又以青花瓷器数量为大宗，有68万余件。虽然没有确切地统计过，但保守估计官窑器在150片之内，比例很小。"耿宝昌先生发现了一个青花罐子的盖，他认为和故宫里面的盖子是一样的，还有一些传世的官窑瓷片。"李永强说。

2007年，整理工作结束，《毛家湾明代瓷器坑考古发掘报告》也随之完成。此后便出现了许多不同的观点和声音。"很多人来谈这个事情。社会上有名望的人士，陶瓷界的专家各有各的说法。有漕运码头说，地震说，或是分类垃圾说等等。但当时也只是在专业人员中有影响。"张树伟回忆。

瓷片来源众说纷纭

"漕运码头说"、"地震说"、"垃圾坑说"是关于毛家湾瓷片来源影响最大的三种说法。"漕运码头说"认为，此处地处京杭大运河最北端，很多往来船只把破碎的瓷器丢弃在这里。"地震说"则指出，毛家湾的前身可能是存瓷器的仓库，地震时里面的东西全变成碎片。"垃圾坑说"的依据是，元朝时，北京是全国的政治经济中心，全国各地的东西都会运送到这里，但瓷器比较容易破损，所以其中凡是"破相"的都被丢在这里。

然而经过长达四年的考证研究，这些说法又似乎都存在疑问。北京艺术博物馆馆长张树伟表示，拿"地震说"而言，如果真是地震把这些瓷器都震碎了，那不管有多碎，最终总会拼成一件完整的瓷器。可这100万件碎瓷没有一个能拼出"全身"。

此外，经研究，这些瓷器大多是古代城市居民的生活实用器，涵盖了日用瓷、陈设器、建筑用瓷等范畴，其中80%有使用痕迹，而漕运运输不可能会运这么多的二手货，因此"漕运码头说"似乎

纪事·2005

1月6日　0时02分，一个男婴在北京妇产医院出生，他是中国大陆第13亿个小公民。

1月18日　市水务局宣布，密云水库蓄水5年首次回升。

3月29日　北京市当年第一个开工建设的奥运项目——五棵松体育馆开工建设。

4月25日　有着近百年历史的北京北站正式开始改建工程。

4月28日　北京2008年奥运会主要比赛场馆之一的国家体育馆正式开工。

6月26日　北京2008年奥运会主题口号"同一个世界，同一个梦想"发布仪式在北京工人体育馆隆重举行，李长春出席仪式并公布口号，刘淇、王岐山、于均波、程世峨等出席仪式。

7月4日　京津城际轨道交通工程隆重开工。

11月28日　《北京市高致病性禽流感应急预案》正式公布。

12月4日　八达岭高速公路发生特大交通事故，造成24人死亡，9人受伤。

12月29日　电影博物馆开馆。

也同样站不住脚。

曾参与发掘工作的北京文物研究所基建考古室研究人员韩鸿业推断，实际上最有可能的是，这些瓷片在未损坏之前均是各家各户的日常用品，只是在破碎后不再具有任何使用价值，因此才经收集后集中于此。

但到底如何，正史、野史上都没有相关记载，谜团也并没有真正解开。

60年60人·2005

一个“北漂”的历史感

边浪，男，30岁，诗人

2005年4月，北京某媒体到上海招人，我当时读了一本名为《北方，北方》的小说，主人公感到生活陷入没有方向的无助状态时，有人建议他“不断地往北走就可以了”。这对我来说，是一种莫名的心理暗示。

5月2号，我踏上了到北京的火车，开始了为期一个月的实习。那一个月，我借住一个同学家的客厅里面，第一次体验到了寄人篱下的感觉。没几天我就逛过了白塔寺、鲁迅故居等等。不过，最喜欢的还是沿着胡同慢慢走，听随便遇到的某位老人骄傲地讲北京的城墙、城门、胡同、街道……而无论走在哪条路上，这条路可能都已有几百年甚至上千年的历史，想着曾经有多少人在这里走过，而他们都已经消失得无影无踪，这会给人一种很奇特的感觉，我想这就是“历史感”吧。

这些东西南北横平竖直的街道胡同使得北京像极了一幅棋盘，而自己一不小心就成了棋盘中的一枚棋子。至少对我来说，北京给人提供的想像空间远非包括上海在内的任何一个城市所能比。因此我想，北京哪怕有一万个缺点，那也肯定有更多的优点[illegible]的“北漂”身份将是永久性的，自己的命运无形中已与这座城市紧密联系在一起，不可分割，包括它和我自己的光荣和屈辱。

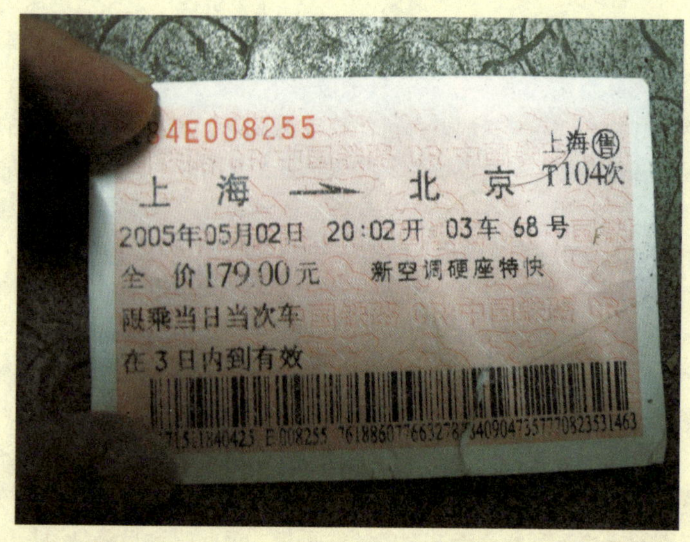

▲诗人边浪在2005年来到北京，这是他当时使用的火车票。

见证人·2005

大观楼里的光影百年

2005年12月22日，中国电影诞生百年庆典活动在大观楼影院开幕。同日，作为中国第一部电影《定军山》的放映地，大观楼影院被文化部确认为“中国电影诞生地”，举行了揭牌仪式，影院也更名为“大观楼影城”。

▲讲述人：王英，女，47岁，大观楼影城总经理。

2002年9月份，我们接到国家广播电视总局的通知，2005年将在大观楼影院举行中国电影诞生百年的庆典活动。也是在这一年，经过8年时间的查考，我们初步确认了大观楼作为中国第一部电影放映地的事实——关于这一点，之前并没有一个明确的说辞，上海、长春两地也一直在争取中国电影摇篮或者诞生地的殊荣。

没落的老影院开展“寻根”

1994年，我出任大观楼影院副经理。当时，大观楼早已过了20世纪60年代放映《魔术师奇遇》，近5年时间内连续放映一万多场、观众达400万人次的辉煌时代。随着许多现代化影城的兴起，大观楼已没有什么影响力，1994年左右，好的时候，大观楼的职工月收入也只有四五百元而已。

大观楼无法按照那些后起影城的模式进行大规模改造，我们就想在宣传上作一些文章，先把大观楼的品牌推出去。但对于大观楼和中国电影的渊源，我们那时还一无所知。

一个偶然的机会，我读到一篇文章，说中国的第一部电影是一部叫作《定军山》的戏剧短片，而主持拍摄的便是当时大观楼的经营者任庆泰，他同时也是丰泰照相馆的老板。这使我不禁猜测，大观楼和这部中国最早的电影之间或许也存在着某种渊源。

从此，我们频繁出入于北京各大图书馆、档案馆、电影资料馆，查找旧报、旧刊。但报刊中的记载大都是只言片语，并不能直接证明我们的推断，而大观楼历史上曾经发生过两次大火，不仅《定军山》这部影片被烧毁，就连大观楼的所有资料都已经荡然无存。

老股东讲述光影传奇

我们又开始寻访以前在大观楼工作的人，这里面包括经理、放映员、股东，还有当初在大观楼拿着托盘卖东西的人。但这些人到底是谁，是否还健在，我们都没有任何线索。于是就走进北京的胡同，挨家挨户地敲门询问：你们这儿有没有在大观楼工作过的人？

在寻访的最后一个年头，2002年，我们终于找到了大观楼曾经的一个股东，据他从父辈那儿听来的消息，当年《定军山》拍摄完毕后，正是在大观楼首次进行了公开放映。那一天，北京“万人空巷”……这一年，是1905年。

2002年，我们就把“中国电影诞生地”这个项目上报了国家广播电视总局。我不知道，这和将大观楼确定为中国电影诞生百年庆典活动的举办地之间有没有关系，总之，当时只是提到了在这里举行庆典活动的揭幕仪式，并没有谈到“诞生地”这回事，而“诞生地”这个项目还处在专家论证过程中。

2004年五六月份，广电总局、电影局领导和有关专家在大观楼举办了庆典设计方案和“诞生地”项目的现场论证会。

中国电影生日呼之未出

2005年初，最终确定了大观楼作为“中国电影诞生地”的地位。2005年12月22日，在经过改造、焕然一新的大观楼举行了中国电影诞生百年的庆典，同时也为大观楼“中国电影诞生地”进行了揭牌。

当天，作为百年庆典活动之一，以任庆泰等人拍摄《定军山》为故事原型的同名电影也在大观楼举行了首映仪式。第二天，作为连续放映电影100年的老影院，大观楼也被载入了世界吉尼斯世界纪录大全。

为什么选择在12月22日，这是我一直没搞清楚的问题。但1905年《定军山》在大观楼放映的具体时间，一直是我们竭力查考、仍然没有答案的问题。我们几乎查遍了大陆现存的所有旧报旧刊，都没有记载。现在正在委托朋友在台湾进行查找。确定中国电影的具体生日，我觉得这也是很重要的一件事情。

无论如何，大观楼毕竟确定了北京在中国电影史上的地位。不小心为北京的文化旅游增加了一个亮点，这是出乎我们的意料之外的，但这一点对于大观楼今后集旅游、餐饮、娱乐为一体的定位的确提供了很明确的思路和条件。

2006

正乙祠

Restoration of a Chinese theatre

关键词：正乙祠
最美丽农村

市级文物保护单位正乙祠曾是旧京著名的行业会馆，是北京现存4座会馆戏楼之一，也是中国历史上第一座整体木结构的室内剧场。在一次又一次的修缮和更张之后，这座全国现存最老的古戏楼一直在谋求一次全新的亮相。

中国戏楼“活化石”屡次“换颜”

正乙祠溯源

正乙祠位于宣武区前门西河沿220号，隐于和平门全聚德烤鸭店南面的胡同里。

正乙祠戏楼有着辉煌历史，一是乾隆七十大寿时的四大徽班进京，正乙祠从此改变了只唱昆曲雅部的格局。据说徽班演员米应先有一次在正乙祠演出《战长沙》，他演关二爷，倏一出场，面如重枣，听戏的官员和百姓跪下一大片，以为关二爷显圣。为此清政府竟下令禁演关二爷的戏了。二是清同治四年，程长庚率“三庆班”、梅巧玲为班底的“四喜班”等在此演出，历史上“同光十三绝”中的多数演员都在正乙祠演出过；1919年名伶余叔岩在此为母亲祝寿办堂会，名角云集，盛况空前，名伶反串，妙趣横生。民国时期著名的“熙春社”也曾在此活动长达7年之久。20年代，黑龙江省督军吴俊陞的公子向余叔岩学戏，1928年在这儿上演了《战太平》。30年代，言菊朋、张伯驹、鲍丹庭、陈墨香等在此演出，盛极一时……

正乙祠是北京保留至今的唯一基本完好无损的整体木结构的室内剧场，被称为“中国戏楼的活化石”。2006年，由北京市文化局领导下的机构——北京市传统文化保护发展基金会负责管理正乙祠。

在墙根旁下棋的邻居对正乙祠戏楼显得淡漠——"正乙祠的对面原是裘盛戎的宅子，我们这些院的老住户，从小就听裘老先生的戏，那可是大角儿，220号院的戏他还不去唱呢。以前经营正乙祠的人还给我们邻居发戏票，让我们去免费看戏，我们也不愿意啊。好些年了，要么是敲锣打鼓演戏，要么是叮叮当当装修……"

从行业会馆到招待所

"逐所便易，则不惮涉山川、背乡井，往远至数十年而不返。"

—— 诸起新：《正乙祠碑记》，康熙五十一年三月

一块《正乙祠碑记》立在正乙祠戏楼的院子里，记载着正乙祠的历史。据敖远说，其实正乙祠有十几块石碑，都在这附近埋着，他们正在和宣武区政府合作，希望能从民宅下挖出这些石碑来，这样，正乙祠的全貌会随着石碑的复位逐渐揭开。

在正乙祠的追根溯源上，专门为正乙祠成立的北京市传统文化基金会下了不少工夫，甚至去日本搜集到了更丰富的资料。据说，正乙祠原是明代古寺，供奉着财神爷赵公明及招财、招宝、纳珍、利市，这和明中叶日渐发达的商业和商业文化有关，和周边兴起的鲜鱼口、猪(珠)市口、煤市口等商业街有关。

▼正乙祠附近临街的墙面上布满了戏曲题材的宣传画。缺少停车场等诸多因素导致它的经营一直处在努力挣扎的状态中，没能开展有持续性的经营活动，被千呼万唤的正乙祠将在2009年10月之后再度开放。

清康熙六年（1667年），正乙祠被浙江在京的一个银号商贾购置重修，成了银号会馆。《北京的老戏园子》一书作者侯希三先生说，作为独特的人文景观的会馆，最早是些驻京的官吏为乡里来京科考的举子、赴京候任的官员而设的馆舍。后来，随着商业往来的频繁又有了行业会馆。和湖

▲左　从正乙祠西侧邻院的房上看正乙祠。

▲右　正乙祠戏楼是北京现存的四座会馆戏楼之一。2009年7月27日，皇家曲社的昆曲演员在正乙祠表演《惊梦》。薛珺 摄

广会馆这种地方会馆不一样的是，正乙祠属于行业会馆，又名银号（约等于今天的金融业）会馆、浙江银业会馆。行业会馆内多设有神殿、戏楼、厅堂、客房，“以奉神明，立商约，联乡谊，助游燕也”，既是同乡公人一起敬神祈福的场所，又是集会议事，宴客娱乐的会场。每逢春秋吉日，大摆宴席，约请戏班。再后来，会馆渐渐式微，到现在，仅存的大多成了酒馆、茶园或戏楼。正乙祠便是照着这样的模式走过来的。

新中国成立后，正乙祠戏楼改做北京市教育局的招待所，内部相应地变成了餐厅、厨房、锅炉房等。侯希三说：“当时有一些照片，戏楼破败，里面安着烧水的大锅炉。”后来由私人企业家王宇鸣租过去，以商养戏，修复戏楼，并恢复演出，沉寂很久的正乙祠戏楼，京、评、梆、曲、越等剧种又接连上演，可“经营很火，获利很少”。

民间保护者铩羽而退

> 演悲欢离合，当代岂无前代事；
> 观抑扬褒贬，座中常有剧中人。

这是戏台两侧的朱漆柱上的一幅对联。十年前，一位叫王宇鸣的私人企业家，连续十几天一人独自坐在台下，观看北方昆曲剧院在这里的演出。

“执着的人，好像都有些傻。”侯希三评价王宇鸣说，作为戏曲专家，他曾经被王宇鸣邀请来这里开座谈会，当时来过这里的戏曲界的名人很多，梅葆玖、谭元寿等名家纷纷登台…… "王宇鸣自己是浙江宁波人，他跟我说正乙祠戏楼正是宁波的银号商人建的。他想用自己经营饭店的钱，来养戏，来补正乙祠的亏空。" 1994年时，正乙祠归属于北京市教育局，当时34岁的王宇鸣偶然路过正乙祠。此时的戏楼部分柱倾梁歪，戏台台板、二层楼板都已腐朽。作为厨房使用的化妆室油垢污迹不堪入目，走廊的西部成了锅炉房。

当天，王宇鸣便拟定了抢险修复计划。在接下来三年的经营中，正乙祠经营了700多场包括京、评、昆、梆、越、曲艺、杂技、皮影等剧种和音乐的演出，甚至在古老的戏楼里上演过西方名剧《哈姆雷特》。名家的光顾、宾客的显赫，遮不住需要"赠票给邻居"的经营惨淡，1996年时，王宇鸣卖掉了他所经营的酒店、写字楼和四辆轿车，集中财力人力拯救古戏楼……后来有了无力偿付租金的著名的官司。

"叫好不叫座"使得个人单枪匹马"以商养戏，以戏养文"的尝试在冰冷的高额租金这堵商业墙前头破血流。据说，败诉后，王宇鸣依然保持着他惯有的微笑："我并不是丑角。一切将由历史这位公正的裁决人作出裁决。"侯希三摩挲着手上王宇鸣和他的团队编撰的《正乙祠大戏楼》这本小书感慨，王宇鸣离开正乙祠戏楼后，似乎就和曲艺界失去了联系。

2005年，正乙祠被北京市文化局接管。北京市传统文化保护发展基金会从2006年开始负责管理正乙祠。因为基金会不以赢利为目的，戏楼从2006年开始，不再对外营业，不做收费演出，而只是作为公益活动的舞台，不对外营业。

正乙祠等待再度焕然

死了的植物就扔掉，花盆好的就别扔，值一大口袋花生呢，你会不会算啊？——施工负责人和搬杂物的工人们说笑

如果从和平门烤鸭店的口进来，会发现西河沿220号一顺儿的邻居也沾染上了戏曲味——灰墙上画着已经暗淡的京剧生旦净末丑的脸谱和相关介绍。"在力所能及的情况下，我们将正乙祠周边环境拾掇了一下。拆不了它们，就尽量美化它们。" 2006年起，北京市

纪事·2006

1月10日 房山霞云岭、丰台北宫、平谷黄松峪和八达岭被国家林业局批准为国家级森林公园。

3月14日 北京市启动长城保护工程。

3月31日 北京市正式解除对小排量汽车的限制。

4月30日 天坛祈年殿修缮竣工仪式举行。此次修缮为祈年殿历史上的第三次大修，面积近4万平方米，工程总投资为4700万元。

5月16日 故宫建福宫花园重建完工。该园曾是紫禁城内四大园林之一，1923年毁于大火。

6月20日 河北部分地区大量焚烧麦秸造成北京区域空气质量的重度污染。

7月1日 北京西站—拉萨列车开通。

9月28日 北二环城市公园开园。

12月24日 北京市市区空气质量二级和好于二级的天数达到238天。

12月25日 北京市社会福利事务管理中心成立。该中心由北京市民政局殡葬、福利院等125家民政福利企业合并而成，初步实现政府在殡葬、福利院等领域的管办分离、政事分开。

传统文化保护发展基金会正式接手正乙祠，秘书长敖远这样解说墙上画的脸谱。

正乙祠大戏楼举办活动时，有时会请一些外国人来看演出，有一次他们是捂着鼻子进来的。这事让正乙祠戏楼很“知耻”。而这一顺儿灰墙灰瓦的邻居，222号、224号、218号，戏楼后面的学校，经考证，以前都是正乙祠的地界。“现在的正乙祠，是过去的六分之一大。以前光文昌殿等大殿就有好几个。”

敖远曾经和居民谈过搬迁的事，北京市传统文化保护发展基金会希望能够将正乙祠过去的主要建筑尽可能恢复原貌，尽量恢复到“六分之六”的完整。

敖远对于修复的难度有充分的认识：“现在的戏楼是正乙祠的一部分，是曾经的会馆的娱乐功能，其实正乙祠其他的建筑都比戏楼要重要。戏楼在当时是什么？是现在谈完生意后的卡拉OK。现在要恢复的不仅仅是正乙祠戏楼，而是恢复正乙祠。很艰难，一点一滴来做吧。”

在222号这个原本结构为的四进的四合院里，居民指点出后跨院曾经有一座带瓦拢铁皮屋顶的三层木楼，“文革”时拆掉了。“这里的木结构和隔壁正乙祠戏楼一样，以前曾经供着很多佛像。”居民回忆说。这222号院里，原来住着十几户人家，现在只有三四户留了下来。这里曾经是有“林百万”之称的林子安的豪宅。1936年，林子安请来梅兰芳、王瑶卿、李多奎、萧长华等名角，天津唱大鼓的“小彩舞”骆玉笙、鼓界大王刘宝全、戏法大师“快手刘”、相声演员侯宝林等名家在正乙祠唱堂会，轰动一时。

在历经了无数次翻修之后，正乙祠堂的广亮式大门依旧朱漆未干。工人们从黑底金字牌匾下进进出出，流浪猫在门口的沙堆上磨蹭。从今年7月起，正乙祠开始了又一次修缮。此次修缮工程的负责人介绍说：在戏楼主体结构不动的情况下，戏楼二楼原有的包间隔断将被打通，将不方便老人上下的一些台阶打平……现在正乙祠谢绝一切访客。等到10月下旬，正乙祠作为北京市历史最悠久的整体木结构的室内剧场将对外营业。那时，在皇家粮仓演出了近300场的厅堂版昆曲《牡丹亭》将以戏楼版新面貌搬到正乙祠戏楼。

见证人·2006

2006年，北京市开始了社会主义新农村建设，最美丽的乡村评选也随之开始。最终入选的高碑店村地处东长安街延长线上，距天安门仅8公里，有千年历史。

最新最美的农村

2007年的1月的时候，就在通惠河旁边，“最美丽农村”的评委会给我们颁发了一个雕塑，那个造型很奇特，据说是一个仙女，很多人都没看出来。这两年，村里的大妈还问我，为什么这两年咱高碑店没有再给评上最美丽乡村啊，我说村子评上了，只有一次机会，下次就不给再评了。现在北京好多村子都是最美乡村了。

▲讲述人：高碑店村党支部副书记褚连清。

家具一条街建成

高碑店村在北京来说是个很奇特的地方，距离市区非常近，其实就是城市里面，但是它又不是城中村，而是一个农村。高碑店村非常奇特，是“是农村，无耕地。农转非，无工作”。

通惠灌渠穿过我们村，之前大家都往里面乱扔垃圾。2002年，我们村决定自己来整治这一段灌渠，听说要迁坟老百姓都不乐意。当时考个大学生还很稀罕，有人考上了，我们就动员村民说，看，这才是坟上长蒿子啊！如果长松柏不是更好？我们就把坟迁出来，骨灰盒埋在地下，在上面种上一棵松树，树上挂上一块牌子，写清楚姓名。这个地方后来改称“松柏家园”，别的村子老人没了，现在都想进“松柏家园”，来这儿遛弯的人也不少。

2003年，有一二十户人家在村里做家具，生意都不错。我们当时就想要发展家具一条街，结果就组织办了一个家具展示会，效果还不错，来高碑店村开家具店的人越来越多了。现在我们村的流动人口是9000多，比常住人口5000多要多将近一倍啊。人多就显出我们的公共交通还不发达。

农村也有别墅和底商

2006听说要评选“北京最美丽的农村”，我们就动员大家参加合唱队。一群农村老姐们都觉得别扭。后来村书记就随口一说，从党员干部的家属开头，不去就自动扣村干部一级工资。大妈们心疼钱啊，就都来唱歌跳舞了。

现在不让她们扭了还不乐意。

评选北京最美丽的乡村，电视里播出了列入候选的33个村子，我记得我们是第一个，网上选票的时候，最开始我们是最高的。轮流播放完毕后还有一段时间的投票，我们的票数又上去了。每个身份证号只能投一次票，所以也不存在严重的拉票问题，可能高碑店村的历史悠久，北京人都知道吧。最后按照选票的多少，前十名都被评为“北京最美丽乡村”，排名不分先后。

被评为了“最美丽农村”，我觉得这个美丽不是那种很直观的山水风景，高碑店村在这方面没有优势，不像是密云怀柔，随便圈一块地方就是景区，只是知名度高。通惠河一带的水上游览也没有发展起来，现在我们突出的仍是老北京民俗，还有国际民俗接待区，外国旅游团队会来，奥运会的时候村里的民俗接待户还是奥运人家。

目前我们是新农村建设示范点，正在进行西区改造，盖成小楼，一楼用作出租，楼上是村民日常居住用，其他村民都很羡慕西区，这里可是离长安街最近的能接着地气的别墅啊。

在公路上播报铁路

徐凯 北京人民广播电台记者

2006年青藏铁路通车，这是各个媒体关注的大事件。我们当时决定兵分两路，一路是7月1日晚上从北京首发坐火车去拉萨连线直播报道。另一路就是我飞到西宁，然后沿着青藏公路到达拉萨，因为青藏公路和铁路是同行相伴的。我参加了自驾活动，这个队伍里只有我一个记者。

我们驾驶在青藏公路上，六月飞雪的情形我在这里见到了。青藏高原非常美，这里的生存环境也非常恶劣，我们翻越唐古拉山口的时候，汽车的导航装置也都罢工了。我的内心非常激动，很想把我的激动传达给听众，和北京连线的时候，听众打电话到直播间说，让我注意身体，慢慢说。

记得在过了唐古拉山口有个海拔四千多米的加油站，在这里工作的一个藏族小伙子，我问他，青藏铁路开通了，他最想干什么？他看到了当时我们队伍里有中国铁路为纪念青藏铁路开通运营、首都北京至拉萨的列车开行推出的“铁路运营里程”纪念章，正面为天坛、布达拉宫，那个小伙子说，我在电视里看过这个大房子（天坛），将来我要坐着火车去北京看看这个大房子。

7月1日，我们在去往拉萨火车站的路上，看到很多的拉萨市民都去车站见证这个时刻，很多藏族人和在拉萨的内地人都很高兴，因为他们的生活将变得越来越方便。

7月1日上午，拉萨火车站8点钟开始有发车庆祝仪式，首发大概是11点，和现在的列车时刻表不一样，好像当天的乘客也都不是普通乘客。这一天晚上，从北京开往拉萨的列车首发，现在有更多的人来到这块神奇美丽的地方。

▲2006年6月，徐凯从西宁驱车在青藏铁路沿线采访。

大城记

北京1949～2009大型城记 大城记事

2007

梅兰芳大剧院

Meilanfang Theatre

关键词：梅兰芳大剧院
物权法

金、元时代的“勾栏”已初具戏曲剧场的形制，四面围观的“露台”发展为三面围观、一面戏台的格局，艺人的演出也因此经常化、固定化。明、清时期，北京的各种演出场所多达151处。新中国成立后，一批新型现代剧场兴建。梅兰芳大剧院是全国第一座专门针对京剧演出而设计的现代化大型剧院，堪称京城一处极具本土韵味的文化地标。

以大师之名盘活国粹

通体明亮的玻璃幕墙后，一道镶嵌着数十枚金色圆形木雕的中国红墙隐隐透出，而夜晚，它像一枚熠熠闪光的红色水晶，安卧于两栋摩天大楼的怀抱中——在西二环与平安大街相交的官园桥东南角，这栋以京剧大师梅兰芳命名的大剧院，俨然是一处引人注目的地标。

2007年11月28日，历时3年多建设的梅兰芳大剧院终于落成，这也是国内第一座专门针对京剧演出而设计的现代化大型剧场；同一天，建院52年的中国京剧院正式更名为国家京剧院。那晚，京剧界众多名角粉墨登场，为剧院开锣——庆典晚会的名字被颇有意味地取为“我们的家园”。

▼京剧《秦香莲》在梅兰芳大剧院的演出现场。这里是国内第一座专门针对京剧演出而设计的现代化大型剧场。

▲左　梅兰芳大剧院夜景。

▲右　梅兰芳剧院前台。剧院设计在细节上也体现了京剧艺术的元素。

京剧院的困境

这是一项拖延了20多年、一朝激活的工程；对于国家京剧院院长吴江来说，这则是他为了“盘活”这个国家级京剧表演团体而寻找到的“第一推动力”。

事情可以追溯到1978年。“文革”时期，中国京剧院作为样板团曾长时间寄居于被解散的解放军艺术学院内，“京剧院的几百人都住在军艺里”。“文革”结束后，随着解放军艺术学院建制的恢复，中国京剧院不得不撤出另寻场地。为此，有关部门特批了官园桥附近的2.2公顷地，“除去职工宿舍外，设想中也包括建设办公楼和剧场”。

划拨的这片土地历史上属于老北京的城墙根地带，按照吴江的话说，“是一块杂吧地”。“当时已经建了许多民房，住的大多都是贫困市民。”吴江说，“因为财政拨款没能到位，拆迁一直难以进行。”直到1996年，才建成了一栋8000平方米的办公楼并在马路对面建了几栋宿舍楼，办公楼周边还有近200户居民，“再也拆不动了”。

在此期间，中国京剧院使用的一直是护国寺附近老旧残破的人民剧场。“这个剧场在胡同深处，停车位不足；结构老化，严重影响演出效果。而且全是木质结构，存在很大的消防隐患。”2000年2月，吴江从北京市文化局调任中国京剧院院长时，整个剧院已陷入“很焦灼”的状态。吴江介绍，当时中国京剧院每年的经费不过230

万元，其中的70万又要拿出来支付已被冻结的拆迁户的暖气费、水电费等，全院每年演出不足100场，收入只有100多万元，而剧院职工（包括离退休人员）却有800多人。“这造成了人才的大量流失，有条件的选择出国，更多的人则干脆转行。”吴江形容他初到任时中国京剧院的困境，“就像一台已经锈蚀的机器”。

2.2公顷土地的乾坤

“等待拨款并不现实，所以我们的目光就转向了这2.2公顷土地。”吴江说。他当时的判断是，随着二环路、地铁和平安大街的修通，以及附近金融街的建设，官园桥附近也成了“金角银边”，具有很大的开发潜力。盘活这份资产是当时中国京剧院惟一的选择。

为了重新规划所在地域，他们甚至不惜拆除了建成4年的办公楼，“这样区域内最主要的位置就露出来了，便于投资方判断土地的价值”。

这种方式最终也使中国京剧院解决了长期拖延的拆迁经费问题。“我们还找到相关部门，把原来按照规划只能达到6万平方米的建设面积扩展到了17万平方米。”

“但大剧院的建筑面积只有2万多平方米，其他部分都归投资方开发收益。不过我们有个条件，就是它一定要在最显著的位置，是所在区域的主体建筑。而且我们更强调剧院完善的设施，因此所需资金并不少。”为了节省珍贵的资金和地皮，中国京剧院将仓库建在了远离市中心的东四环四惠桥附近。

通过建筑体现国粹

“在你的想像中，剧院应该是什么样的？”

“建筑嘛，有就是无，无就是有。”

“我感觉这个建筑不存在了，这个建筑就有了”。

以上是讨论剧院设计时，承担设计工作的孙宗列与吴江哲学式的问答。

“我们希望梅兰芳大剧院首先要适合京剧演出。”曾负责工程

纪事·2007

3月27日　北京奥运会奖牌设计揭晓，奖牌正面为国际奥委会统一规定的图案，奖牌背面镶嵌着取自中国古代龙纹玉璧造型的玉璧，背面正中的金属图形上镌刻着北京奥运会会徽。奖牌挂钩由中国传统玉双龙蒲纹璜演变而成。

4月15日　北京奥运会门票开始接受公众预订。

4月26日　北京奥运会火炬设计和传递计划路线公布。

6月23日　北京奥运会火炬手选拔计划发布。

11月14日　北京2008年残奥会奖牌式样公布。

11月28日　梅兰芳大剧院落成，同日，中国京剧院正式更名为国家京剧院。

12月18日　北京市古代钱币展览馆展陈改造工作完成。

12月19日　市规委、市文物局联合发布了关于公布《北京市优秀近现代建筑保护名录（第一批）》的通知。名录共收入优秀近现代建筑71处。

◀开场后大剧院内等待演出的观众。

建设的中国京剧院原副院长赵书成说，“为此，我们要求设计方案一定要体现京剧作为‘国粹’的主题。”

如何通过建筑体现传统国粹，是中国中元国际工程公司总设计师孙宗列考虑的主要问题：“一般的想法是采取仿古建筑形式，但我们认为在建筑表皮上刻画传统符号的做法并不能表达国粹艺术的精神和价值。而且剧院如果局限于表现其曾经的形象，未必符合现代观众的审美观，也不利于开发潜在的年轻观众群。”

通过以上的讨论，孙宗列最终认定，这栋建筑关键是要传达一种文化载体的内涵，它是文化传统的容器。

在确定了创作原则后，中国红被用作外墙主色。同时，建筑外墙采用单索幕墙体系，将幕墙支撑结构减弱到极致，充分表达了“无”的理念，让代表传统内涵的红色透过玻璃进入大众的视野。吴江觉得这面红墙很像一扇古代的宫门，而由中央美术学院雕塑系主任隋建国担纲设计镶嵌其上的金色圆形雕塑则像宫门上的一枚枚门钉，雕塑内容都取自中国京剧院曾上演的传统经典剧目。“这样的雕塑最初设计了108块，后来因资金问题减成了32块。”

至今没能实现的还有把大剧院四楼建成一个京剧博物馆的设想，但是梅兰芳的铜像、梨园始祖唐明皇的造像、关公的画像、同光十三绝的瓷画和几十尊具有代表性的京剧人物人偶早已融入梅兰芳大剧院整体的氛围之中。

社会化管理的路子

"社会性的文化设施应该走社会化管理的路子。"在梅兰芳大剧院建设之初，这就已经是吴江头脑中确定的经营思路，"作为一个研究、创作京剧的国家级艺术团体，中国京剧院没有必要把所有的事情都揽下来。把经营权托管给专业的管理企业，可以让京剧院更专心地做该做的事情"。

吴江更现实的分析是，建成后的梅兰芳大剧院，如果由中国京剧院经营，首先就要考虑每年拿出500万的物业费、招收至少50名管理人员，每天一开门就先是2万块钱的成本费，"这样不但没有缓解压力，反倒在无形中又背上了一个包袱"。结果，尽管面临重重阻力，中国京剧院仍决定将大剧院的经营权托管给张德林、余声夫妇创办的国艺升平文化有限公司经营管理。在五年的托管经营期中，国家京剧院每年将从大剧院收取200万元管理费，并保证100场演出场次，除春节档期明确约定归国家京剧院外，其他一切都由管理方自主决定。

时至今日，在梅兰芳大剧院开业近两年以后，吴江仍认为，大剧院的建成和托管既保证了国家京剧院拥有了稳定的演出场所，结束"游击战"，转向了"阵地战"，又"转移了风险，甩掉了包袱"，"事实证明这个路子走对了"。

现任梅兰芳大剧院董事长的张德林在接受采访时则表示："这是一个重要尝试，通过5年为剧场的运作探出一条路来，无论结果如何，都是值得的。最起码，作为一个京剧老票友，我们希望能对得起'梅兰芳'的牌子，也对得起掏钱看戏的人。"

张德林说，在经营的第一年，梅兰芳大剧院已经略有赢余，但"有些时候，我们也采取免费赠票的方式，至少不要让演员感觉台下空荡荡的，在剧场中，演员和观众，从来都是相互调动和激发的。"对于梅兰芳大剧院来说，培育观众的重要举措还有，把中小学生请进剧院，甚至"由开设京剧课的学校的孩子们演给其他孩子看"——在现场，这些孩子们的热情和专注程度超出了张德林们的预料……

见证人·2007

《物权法》出台始末

20世纪80年代初，我还在中国人民大学读硕士期间，就开始关注立法领域的国家所有权问题，其实就包含了后来的"物权"概念。1986年，在制定《民法通则》时，我国立法机关也开始考虑有关问题。但因为"物权"是资本主义法律体系中的一个概念，当时还不敢把它明确提出来，而是称为"所有权及与所有权有关的财产权"，现在一般认为，这其实就是"物权"的变通说法。

▲王利明 49岁，中国人民大学党委副书记、副校长、教授、博士生导师。曾长期致力于物权法基本理论的系统研究，并于1998年出版了《物权法论》。2002年起，作为《物权法（草案）》的主要起草人之一，参与并见证了《物权法》的制定过程。

90年代列入人大立法计划

20世纪90年代初，随着我国市场经济体制的建立，保障物权逐渐明确进入了立法机关的视野。这时，在我国的经济实践中，已经出现了越来越多的问题，也需要相关立法予以明确。比如在1994年呼吁"保护私营经济法律法规"，并建议在《刑法》中增加"非法侵占他人（私人）财产罪"条款的全国政协委员、著名民营企业家王翔就曾亲历过私产立法的缺位。在他创业之初，公司面临资金短缺问题，而一位员工借采购为名，卷走了公司5万元现金，并挥霍一空。可是，王翔却无法将该员工以贪污罪送上法庭，因为当时《刑法》中贪污罪指的是侵占国有、集体财产，而对私营企业的私有财产侵占并无规定。此案最终被判为民事纠纷。之后，因为接连上交有关立法提案，王翔也被称为中国"物权法提案第一人"。

其实，1993年，《物权法》就列入了全国人大的立法工作计划中，只不过，当时还是作为《民法典》九编的一编。1998年，第八届全国人大委托我所在的人民大学法学院和中国社会科学院法学所起草《民法典》的建议稿，直到2002年完成第一稿，我认为这是《物权法》立法的第一个阶段。

历经8次审议终获通过

2002年12月，《物权法》开始进入独立的制定阶段。因为当时作为民法最重要的组成部分之一的《合同法》已通过，另一个至关重要的便是明确财产权的《物权法》了。2005年，《物权法》形成四编对外公布，向全民征求意见。大多数意见都是正面的，但这次公布也引起了很大争议。2005年7

月，北大法学院教授巩献田就率先发难，公开指责，称给予公私权一体保护是违宪行为，是“以保护极少数人的巨额客体物权为核心，保护绝大多数人民群众客体很小的物权为陪衬”，并说这是一种历史的退步，必将促使两极分化。但随着市场经济体制的建立和所有制形式的多样化，对不同经济的立法保护已是历史发展的必然。最后，我们收到了两万多条意见和建议，大多数还是建设性的。

在广泛征求意见的基础上，2006年12月，全国人大常委会对《物权法（草案）》进行了第七次审议，大家认为制定《物权法》的时机已成熟，结果以155票赞成、1票弃权的比例同意将这部法律提交第二年3月召开的全国人大进行最后审议。

2007年3月召开的全国人民代表大会上，《物权法》终获通过。从1993年到2007年，历经8次审议，《物权法》的起草和制定经过了将近14年时间，这也创造了中国法律制定历史的审议之最。

这部法律的制定是我国法律制度建设中一个具有里程碑意义的重大突破，它弘扬了“物权”的概念，使之越发深入人心——长期来看，这才是影响最为深远的，因为这意味着一种制度和观念的更新。

60年60人·2007

北京取消地铁月票

于明辉，男，28岁，网站编辑，地铁车票收藏爱好者

我平时上下班天天坐地铁，对地铁票原本没有太在意。2005年，为纪念地铁公司成立35周年，发行了一套大红色车票，印刷非常精美，看到后很喜欢就买了3张保存下来。几年后我才知道这是种文化票，在北京地铁的运营史上每逢重大节日或纪念日，都会发行类似车票。于是，我开始留意搜集老车票，能将某版文化票集成完整的一套，也是莫大的乐趣。

2007年8月初，我听朋友说，8月8日将发行一套奥运会倒计时一周年纪念票，发行地点只有王府井地铁站东北口一个地方，限量2008枚。8月8日，我和朋友一大早就赶到王府井地铁站，每个人购买了5张，这也是个人购买的上限。2007年我收集到的比较珍贵的文化票还有纪念“一卡通”发行1000万张和庆祝香港回归10周年两种。听说这一年北京还取消了实行了29年的地铁月票。2008年奥运会倒计时100天纪念票发行时，一套共10种，分布在不同的车站。于是我发动了许多朋友等在各个地铁站，终于集齐了全套。

通过地铁票的收藏，我觉得可以更直观地了解北京地铁的发展变化，车票从特别小、很简陋的形式到印刷越来越精美，再到纸制票全面退出改为磁卡形式，这是北京地铁发展的重要组成部分。

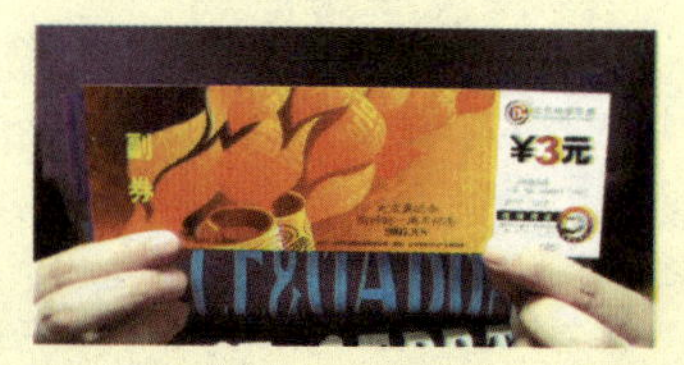

▲于明辉收藏的北京奥运会倒计时一周年纪念地铁票。

大城记

北京1949～2009大型城记　大城记事

2008

奥运人家

Olympic Family Hotels

关键词：奥运人家
奥运雨

在重大赛事举办过程中，由官方出面组织家庭寄宿，并不鲜见，在日本、希腊等国都有先例。2008年奥运会举办前，北京市旅游局从1118家报名家庭中，共确定598户奥运人家。中国式的“好客”和异域文化之间的交互影响在小院中发生了。

“新北京”来客 直奔“老北京”胡同

2008年1月，北京市旅游局公布在北京能提供的64.6万余个床位之外，还将采纳家庭接待。在春节后，公开向社会招募“奥运人家”。最终，北京市旅游局从1118家报名家庭中，共确定598户奥运人家，其中东城区59户、西城区33户、崇文区56户、宣武区12户、朝阳区300户、海淀区102户、丰台区20户、石景山区16户。

▼一名法国房客在大金丝胡同的奥运人家屋内学习中文——奥运之后，有相当一部分“人家”仍然顾客盈门。

【切片一：大金丝胡同】

"我不想恢复一百年前的生活"

"房东这个词有讲究，太阳在东为上，代表中国人希望步步高升的心理，谁大就代表谁做东。"什刹海附近大金丝胡同12号的荆家小院里，女主人王志喜正在用外语跟客人讲解"四合院风水"。这个院子曾招待了奥运期间的首批客人。

荆家的"金丝居"起步较早。2003年春天"非典"肆虐，从事建筑工作的王志喜修起了自家的房子。将破旧零碎清走后，南房被改成了卫生间。虽然在家里安上了电暖气，为了接待胡同游，还特地在厨房安上一蜂窝炉，"因为有很多游客想看北京胡同里的日常生活。那个时候我们主要是带客人参观小院，顶多再吃上一顿饺子"。

"非典"结束后，荆家夫妇就专门搞起胡同游接待。拆掉原来院中的临时房，装修、改造，在北房外接出一个十几平方米的玻璃阳光房。院中除了老石榴树外，种上紫丁香花、紫藤、葡萄等象征"紫气东来"的植物，养了金鱼、文鸟……和周围的胡同游人家不一样的是，满族镶黄旗出身的荆家反而不追求明清家具等的复古范儿。

"我这是在胡同里生活的真实家庭场景，也有人说要将他们的小礼品摊摆在我们家，我说我不想把家弄成一个小商店。还有人说能不能来给宾客按摩，我想让来家里按摩不好，还是介绍他们到对面浴室去。还有做仿旧家具的，说要将家具免费给我们用，只希望有外国人看上了要买，我说那我们家不就成了仿古家具城了？……我希望家庭接待给人带来的就是'家'的感觉，了解北京人真正的家庭生活。"王志喜

▼2008年奥运会期间，一位住在"奥运人家"的台湾老师和男主人一起切磋太极擒拿。

纪事·2008

1月9日《国务院办公厅关于限制生产销售使用塑料购物袋的通知》规定，从2008年6月1日起，实行塑料购物袋有偿使用制度。

2月28日 国家级非物质文化遗产项目代表性传承人颁证仪式在京举行。

3月24日 第29届北京夏季奥运会圣火在希腊古奥林匹亚遗址成功点燃。

4月18日 温家宝总理在北京出席京沪高速铁路开工典礼。

5月19～21日 全国哀悼日期间，北京市民悼念汶川地震中的死难者。

7月4日 从北京、上海、南京、厦门、广州五地出发的9架包机，搭载680名首批大陆游客飞往台湾。

8月1日 京津城际高速铁路正式开通运营。

8月8～24日 第29届奥林匹克运动会在北京举行。来自204个国家和地区的1万余名运动员，刷新了38项世界纪录和85项奥运会纪录。中国体育代表团第一次名列奥运会金牌榜首位。

9月25日 神舟七号载人飞船在酒泉卫星发射中心发射成功。

说："有一个家很难，我们不想刻意去恢复一百年前的生活。"

"金丝居"的名气在奥运之前就形成了，每年都有新、老客人来这找"家"。2008年初，当街道办找到王志喜时，她并不清楚"奥运人家"是怎么一回事。街道带来一张表格和证书，让她写上家里能有几张床，接待多少人，"我当时只想写一张床，因为不知道他们会给安排进来什么样的人住，我很担心。街道说我们会考虑住在这里的人的安全，我说你要考虑客人的安全，也要考虑我的安全啊。"

【切片二：南官房胡同】
"独门独院才能代表四合院"

与荆家的"金丝居"最初的矜持不同的是，不远处的南官房胡同39号，以前就是做胡同民俗游的，据称花了400万装修一新。它的主人陈文丽说："我就是觉得我们家独门独院的才能代表四合院，不能让那些大杂院就代表北京形象展示给外国人看了。"在提交了申请表格给居委会、什刹海街道办事处、西城区旅游局至北京市旅游局后，大金丝胡同12号和南官房胡同39号，都通过了初审，迎来了北京市卫生局、公安局等部门的现场审核和卫生、消防、安全等布置。

人声鼎沸中，南官房胡同39号，陈文丽的丈夫在门前向参观者售票，黄包车带来了客源。走进崭新得锃亮的四合院里，藤架子上挂着假葡萄，树上安着假石榴，院子里摆着卖鼻烟壶的摊子，导游似的"家人"姑娘奉上一纸

杯茶水，仿古的床榻、案头依次排开，“我们不懂英文，没法和外国人交流，都是家里人跟他们沟通。奥运时我这主要是让人参观，国内外游客一半一半的。”陈文丽的丈夫说。他们家自己住的那间房子捂得严严实实的门帘上写着“谢绝参观”的字样。“孩子上学，我们也每天只是八点开门迎客，下午六点就关门了。”

【切片三：筒子楼 短租房】“空巢”和“过度乐观”

作为北京市第一个通过审批的“奥运人家”，家住离“鸟巢”步行只有半小时的朝阳区亚运村街安慧里社区的韩女士，为了迎接外宾，特意重新装修了房子，空出一间屋子来准备招待外宾，而最后和周围的几户邻居都成了“空巢”，本来想让外国人来感受中国现代家庭的味道的，“起先我也不知道怎么回事，后来听说那些外

国人不喜欢我们这种筒子楼，觉得太拥挤了”。

北京市旅游局副局长熊玉梅说，《奥运人家标准》从房屋、住宿条件、环境卫生、交通和安全等方面均提出了详细要求，官方指导收费价是每间房每天50～80美元。另一位市旅游局的工作人员也透露，虽然“奥运人家”的遴选是分布在全市各个区县，并且对朝阳区、海淀区这样奥运场馆密集分布区有所侧重，但是出乎意料的是，外国人并不买单，他们更希望亲近老北京的遗存，而不是住到筒子楼和冠军别墅去。这也是“奥运人家”项目为何最后主要落地在了四合院集聚区——西城区。

在“奥运人家”这种得到官方认可的典范之外，是在奥运会开幕之前就炒得沸沸扬扬的奥运短期租房。无论是在奥运场馆周边的房子，还是非奥运核心区的繁华地段，房价飙升。

当时在奥运场馆周边的一家房屋中介，发布的10～30天的短期出租房源很多，租金大都按天计算，60平方米左右的一居室，每天租金在1000元左右。有些房主为了在奥运来临时实现“日进斗金”的梦想，单方中止了房屋合同，不惜赔付一个月的违约金。“人们对奥运短期租房的估算太过乐观，没有考虑到入境的客源并没有想像的那么多，并且，北京酒店业的发达使得短期租房未成气候。”

21世纪不动产的孟姓高级分析师说。

荆家的“金丝居”无疑是此次奥运人家中的大赢家，与其他“人家”的“空巢”状况相比，荆家不仅接待过来自台湾、日本、德国、法国的游客和记者，还接待过奥运官员、裁判、奥运会赞助商的工作人员等等。“我们家的门都关不上了。”王志喜说，但是这些游客并非是旅游局指派到家里来的，而是游客自己通过西城区旅游局网站或者旅行社等等其他途径找上门来的。“只有真心诚意，才能够留得住宾客。”因为自己的孩子在加拿大读书，王志喜希望能通过一个家庭的力量，让外国人感受到中国人在传承传统文化的同时，融入了现代化生活，“我不希望他们走时觉得中国人眼里只认得钱”。

60年60人·2008

京剧进课堂

马煜，老师，35岁，黑芝麻胡同小学美术老师，《美术与京剧文化》课程教师

2006年时，《美术与京剧文化》作为校本课程就在我们黑芝麻胡同小学四年级进行试点教学。双周一课时，进行为期六个学期的教学，我担任这门课的老师。

我们小学并不是京剧进中小学课堂的试点，但我们却是京剧在校园推广做得较好的学校。当时北京市选了48名音乐老师去沈阳京剧院专门培训，规范京剧的行腔、走板，为什么选择沈阳我也不清楚。

我上课时选用的京剧剧目都是传统剧目，我知道教育部规定的15个京剧选段中，《都有一颗红亮的心》、《穷人的孩子早当家》和《文成公主》等现代戏和新编历史戏占了9个。这引起过很大争议。我个人觉得，现代剧目的唱词相对来说更容易被学唱，因为不牵涉传统戏里一些发音独特的上口字、尖团字等。

现代戏和新编历史戏是特殊时期的历史产物，在艺术表现上是很有讲究的，老艺术家们活用了传统戏曲的精髓，好的现代戏也是耐人寻味的。比如《红灯记》里的人物亮相，李少春先生将手背在身后的亮相，吸取了传统京剧的动作，非常美。剧中的李玉和在受刑完后扶着桌子的动作，来自传统戏薛仁贵的亮相。

事实上，课堂上学生们的反响超过我的想像。我教的整个年级150多位学生，我做过调查，希望通过这个课程继续了解京剧的有一半多，完全不喜欢京剧的只有一两个。有些学生还专门去看了完整的戏。

▲马老师在给学生们讲解京剧的时候，动用了很多寓教于乐的教学手段。

见证人·2008

▲罗小可，1987年出生，湖北人，2008年8月5日抵达北京，开始一个人收集奥运雨的行动。

一个人的奥运雨

2008年6月，我从浙江嘉兴市乘火车抵达贵阳市，为某酒店装修玻璃。6月12日一大早，我出门看传到贵阳的奥运圣火。下了班回到住处，那座待拆的老楼屋内漏雨，和我一样的“小小罗们”都睡在地铺上，我忽然有了一个想法，我要做第一个收集奥运雨水的中国人！2008年的奥运对中国人来说太值得纪念了，奥运雨水也可以卖钱！我将这个想法告诉同事：我要将今年的奥运雨水制成吊坠、徽章进行全球拍卖或送给博物馆。大家都觉得我是傻冒。在7月1日那天，我辞掉了在贵阳的工作，来北京了。

千呼万唤才得到“第一次”

来到北京，我赶紧给自个找了个栖身的“鸟巢”。我住不起带屋檐的，就在一快速路边的草坪上睡着了。

开幕式结束后，我不敢睡熟，担心错过了第一场雨。8月9号，我一直在鸟巢附近转悠，一直等到深更半夜还是未见雨下。一夜无雨，8月10号起“床”，我又赶到鸟巢，结果雨就这么下了起来！

惊喜交加，我取出早已密封了两天的特制雨伞。这个雨伞是我特制的，因考虑伞上可能含有的某些化学物质会使奥运雨不纯，我就到超市买了最贵、最好的保鲜膜贴在雨伞表面，贴完后再马上绕上十几圈密封起来。

铁栅栏内的武警好奇地看着我一层层揭开雨伞外的保护膜。此时是2008年8月10日8点37分！8点40分，雨渐渐大了起来，我用200万像素手机录像，因考虑手机存储器容量可能不足而分开录制。雨在10点15分停止了，我起身时，一个踉跄，差点跌倒。几分钟后，又下起点点细雨，只收集到小半瓶。

成功采集了第一场奥运雨之后，我奖赏了自己一个水甜的大桃子，并给中国奥运会历史上第一瓶奥运雨取名为“第一次”。

奥运雨水全记录

接下来，我在8月10号下午6点多钟的时候，收获了半瓶奥运雨。我给它取名叫“自由深呼吸”；之后在22点45分，我又收到了第三次奥运雨，因为是在鸟巢旁边的玫瑰花丛旁边收集的，我给这瓶水取名“玫瑰花开”。下第四次奥运雨时，我正在寻找露宿的地点。雨在8月11日的0点13分开始下，到4点03分，第四只瓶子已经滴满了。

有几位蒙着面纱的外国妇女给我咔咔拍了好几张照片，还有武警过来问我是否需要帮助，武警还送给我一件雨披。然后我去鸟巢旁的环保公厕待了半小时。我为这第四次奥运雨取名为“凌晨勇敢的心”。

8月14日下午4点，我又收了满满2瓶奥运雨。我到北辰购物广场又买了三瓶农夫山泉，奖赏了自己一条嫩滑的鸡腿和两个馒头，饱饱地美餐了一顿。接着，我准备继续收集今晚可能落下的奥运雨。有个打伞的女孩在天桥上看曲棍球运动员训练，我也忍不住看了一会，又赶去收集奥运雨了。

我收集奥运雨有个习惯，就是把每一次收集的过程都通过手机录下来。右手用手机录像，左手拿着瓶子，雨伞斜放在护栏铁架上，能轻松地接着每一滴奥运雨。1、2、3……99、100，这一瓶刚好完整地收集了一百滴奥运雨。8月14日的奥运雨在18点19分渐小，19点15分渐停。这一天一共收集了三瓶奥运雨，是收集奥运雨最多的一天。我希望中国队能在奖牌榜上获得一个满分，成就一次大满贯，于是我将8月14号这三瓶奥运雨称为“大满贯”。

拍卖成奢望 渴望有博物馆收藏

8月24日是奥运闭幕式，凌晨几声雷响，惊醒了我。我赶紧拨打12121气象预报，结果是未来36小时无雨阴天多云的预报，直到查询2号键，才知道有黄色预警说有雷暴天气。在黄色路灯下我穿着短裤，紧提着伞，狂奔到霍营地铁站，路上连鞋都丢掉了。

为了收集雨水，我在草坪上、电子信息亭里露宿过，可我不在大学的草坪上过夜，怕影响了校园的景色。我在找到一份保安工作后，又收集了残奥会期间的雨水。2009年2月17日我还翻墙进鸟巢去收集牛年的第一场雪，“偷”了一朵“中国红”做纪念……这些奥运雨水保存在矿泉水瓶里，“中国红”保存在一位好心支持我的先生的冰箱里。

每瓶水都有我给它们的命名，它们是我为奥运加油的见证，到现在，我已经不奢望它到全球拍卖，但是作为奥运史上第一个收集奥运雨水的人，我很自豪我是中国人。这些经历，都是值得的。我只希望有博物馆能够收下这些雨水和“中国红”，这也是我继续留在北京的理由吧。

50年代

▲“小喇叭开始广播了！”大方家胡同幼儿园的两位小朋友在中央人民广播电台表演节目。

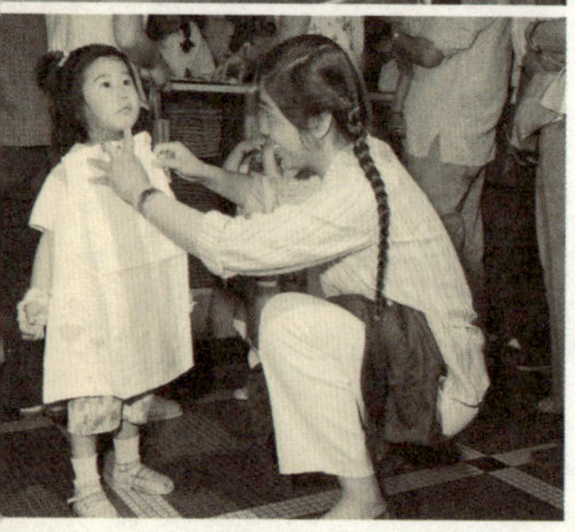

▲上　孙敬修和孩子们在一起。
下　一对母女在王府井百货商店童装组挑选新衣。

2009年

60年，我们正年轻

▲左　北海幼儿园的“小园丁”。
右　北京电子管厂保育院召开的儿童运动会现场。

▼来自门头沟山区的儿童和柳荫街小学的小朋友们在北海公园"荡起双桨"。

"儿童们起来，学习做一个自由解放的中国国民……把自己变成新时代的主人翁。"

——1938年6月，《边区儿童》创刊号刊登毛泽东题词。

大城记到此结束。

六十年，六十期，我们的报道涵盖了北京城的自然风貌、文物保护、旧城改造、工业地理、商业布局、空间生产、民俗演变和居住形态等具体选题。

世界终归是孩子们的，这是每一代长辈们最殷切的期望。这最后一期我们愿意献给穿越各历史时期的小朋友们，我们的报道忽略了他们。

个体生命的计量单位不能适用于一个国家，60年对于中国来说还只是一个被延宕的童年，它茁壮而充沛，绝非一个花白的老年。

有充满希望的童年，也有萦绕着迷惘的童年。无论如何，它意味着生长和自我调试，意味着平坦与坎坷的均衡节奏——"有了儿童的生命的节奏，才显出无穷无尽、莫测高深的岁月。"

任何一个童年里都藏着整整一生。

▲296名小选手参加了北京市首届儿童钢琴比赛，这是获奖的小选手在领奖。

▲1993年"六一"前夕，北京举办健康宝宝评选活动，共有3000多名学龄前儿童报名参赛。

后记

北京——这是一个国家最清晰地表达自己的空间。无论是被裹挟还是引领潮流，这个城市都贡献了跨越时代的思想者，产生了民族文化的传灯人，孕育了城市文明的承担者——市民阶层与市民社会。毫无疑问，北京是中国式变革最直接、最集中的发生地，更是社会进步力量最充分发展的空间。

关于城市的历史**地理**，新老媒体上一直不缺少相应的报道。事到如今，报道者和阅读者都无意缠绕在“文化地理”、“民族志”甚至“大都市文化研究”这些趸来的概念里。至少，人们已经达成了共识：它不应该是报纸或电视上的豆腐块文字，而应该是一部“城市空间的地理性历史”。城市地理的报道应当超越“补白与钩沉”，我们追溯城市生活的古代源头，定格社会活力的当代面相，但“记录变迁”并不是要对着历史撒娇，“反映成就”也不是通过比对过去与现在来获得安宁。

这是2009年，一批批声势浩大、蔚为壮观的**首都六十年专题报道和书籍**（京城媒体不约而同的国庆献礼）正在制作中。对于城市历史的日趋重视，一方面是30年或者60年这样的代际划分引发的媒体选题，同时也是一个城市试图厘清自己身份的必然。《大城记》不敢妄自尊大，我们只是着手比较早（从4月份开始），收尾的时机恰到好处（9月末）。说“通过对北京事件的编年史铺陈，在时间的线性展现中构造一列绵延的历史景观”，只是我们一厢情愿的自我期许，到底是不是那么回事，还得您自行判断。

毋庸讳言，《大城记》的调调儿就是乡愁阐释（失散的老北京气质）和盛世抒情（一个首都的梦想和实现）。六十年，六十期，它杂糅了自然风貌、文物保护、旧城改造、工业地理、商业布局、空间生产、民俗演变和居住形态等具体选题。《大城记》并未对几个特殊的历史时段加以渲染，但在对运动和思潮的记录中，我们有意地安置了一些复调，给“另类”的声音一个发言机会。惨痛必将成为文化蓄能，我们坚信，公正的评价迟早会出现，我们不应该也不能够，对那个“遥远而真切的未来”关闭了想像。

相比于以前问世的《新京报》“北京地理”的报道和丛书，这三册《大城记》可谓“朴素”。这份朴素来自于清晰的逻辑和一以贯之的写作品格：“主文”可以名之为年度地理事件；“见证人”则是另一事件的讲述者；“60年·60人”其实是老物件借它的拥有者之口发言。“记事本”（书中更为”纪事“）则是年度事件的整理。这些关于人口增长、工业兴衰、市政业绩和古物修缮的统计或者胪列看似毫无生气，但实际上却包含了无数人群迁徙和观念变更的故事，它可以作为年度事件的索引并引发在本书之外的深度阅读，请读者明察。

北京地理栏目组的同事们，在幸福大街的路边摊上经历着一次又一次的小圈子激动，又一起分担着选题无法操作的挫败感。六十期，这个“北京地理”最长的系列报道全方位地考验着记者和编辑的耐心。幸运的是，腻烦和焦虑这些负面的情绪并未导向失败主义，因为我们的操作从未失去张致——耿继秋点燃一支香烟，他的小眯缝眼儿运着两道精光，他在键盘上敲出一个字，然后看着烟雾渐渐散去，再敲一个字，起身、转腰子、落座，他删掉了那两个字，重新给文章开头……在垃圾填埋场被熏吐了之后，潘波在月黑风高的夜晚回到龙潭西湖，她在荷塘边流连，她想到了（大都市的生与）死，想到了人类的命运和宇宙的前途，以及数万字的采访记录如何打理……无论选题如何（除了不爱做的）、无论交往对象如何（除了不接受采访的），曹燕都能做到举重若轻。她视采访和写作为享受，是个乐观的行动主义者。她在一座医院的废墟上手舞足蹈如同癫狂，她对着电话喊道：我被蚊子叮得都站不住啦……在胡同、在乡村、在工厂、在大院门口，到处都留下了三位记者抓耳挠腮的身影，他们是“北京地理”生产一线上真正出色的劳作者。

致谢当然必不可少：感谢《当代中国的北京》编辑部的许钧先生提供《当代北京大事记》，它堪称“新中国首都时间白皮书”，它为我们的选题设定了最初的参照系；感谢鲁汶先生，“北京地理”的采编们以传阅这位“超级读者”发来的挑错儿邮件为乐事，并深受鼓舞；感谢中国建筑工业出版社的副总编辑张惠珍女士，她的一双慧眼让这六十期报道摆脱了随写随看随丢的报纸宿命；感谢所有接受采访的人们——你们把大写的历史改成了小写。

看这套书好比倒一次时差，当您从这些“新”的故纸堆里抬起头时，也未必能看到什么历史的烟尘之类的东西，这不过是一次关于新中国首都60年的选择性游历。

它可能不够好，但是完成了，它就是好的——

60年也可以作如是观么？我们愿意邀请您，趁着这样一个时机，怀着一份不能忘怀的、“同情”的敦厚，本着一种岁月和解的胸怀，给上辈人一些礼敬，给同代人一些祝福，给孩儿们一些余地。

《新京报》北京地理编辑部

（执笔：郭佳）

图书在版编目（CIP）数据

大城记 Ⅲ（1989～2008）/新京报社编.—北京：中国建筑工业出版社，2009

ISBN 978-7-112-11421-4

Ⅰ.大… Ⅱ.新… Ⅲ.新闻报道—作品集—中国—当代
Ⅳ.I253

中国版本图书馆CIP数据核字（2009）第181743号

责任编辑：张幼平
特邀编辑：郭　佳
责任设计：赵明霞
责任校对：赵　颖　王雪竹

大城记Ⅲ
1989～2008
新京报社　编
*
中国建筑工业出版社出版、发行（北京西郊百万庄）
各地新华书店、建筑书店经销
北京方舟正佳图文设计有限公司制版
北京云浩印刷有限责任公司印刷
*
开本：787×1092毫米　1/20　印张：9　字数：264千字
2009年11月第一版　2009年11月第一次印刷
定价：35.00元
ISBN 978-7-112-11421-4
(18666)